Brian Evenson
A COLLAPSE OF HORSES

埃文森黑暗故事集 I
瘫倒的马

[美] 布莱恩·埃文森 著
傅婧瑛 译

致克里斯汀，爱你

目 录
Contents

黑色树皮 001

一份报告 014

惩罚 027

瘫倒的马 036

三次折辱 047

邪教 050

海边小镇 062

粉尘 079

熊心™ 125

洗刷 138

麻木 148

比里诺更远 151

任何尸体 166

呻吟 176

窗户 183

豁然开朗 189

血滴 210

致谢 223

黑色树皮

他们已经骑了整整两天马了,迎着刺骨的寒风不断向山的高处前进,寻找萨格声称应该在那里的小屋。事情进行得并不顺利。萨格腿上受了伤,在他大腿上,血在他的裤腿里滴滴答答,流进了他的靴子里。现在,罗利发现,靴子里的血太多了,萨格在他身后的路上留下了一串血迹。萨格偷来的托韦洛马的一侧身体也因为沾上血而变得非常滑溜,而这一片血迹还隐约显现出人的形状,仿佛在马身上来回摩擦的萨格的腿,想用他的血画出什么人形一样。

"我们得停下。"罗利说,"你需要休息。"

有那么一段时间,萨格没有回答。然后他用一种稍稍高过悄悄话的音量说:"就在这附近。肯定随时就能找到。"

"在哪儿?"罗利问道,已经好几英里了,什么都没有。萨格没有回答,于是他说:"天马上就要黑了。"

可萨格还在继续。或者说,他根本没有控制自己的马。也许那匹马只是按照自己的想法在跑。

他们前行的路线,与一条水流湍急的小河偶有交集,路线先是朝着小河方向延伸,随后又远离小河。起初,萨格并不确定那是不是他要找的小河。现在,他声称那就是他要找的小河,但罗利猜测他并不确定。他说了几个小时小屋就在下一个转弯处,就在下一个弯道,但自始至终他们都没找到小屋。

"天马上就要黑了。"罗利重复了一遍自己的话,"我们应该停下来露营。"

萨格又一次花了很长时间才做出回答,可回答时,他的声音听起来却有些奇怪。"他们还跟着吗?"他问道。

罗利摇了摇头,吐了口痰。"有几个小时没跟着了。"他说,"我们甩掉了他们。"

"也许他们只是想让我们这么想。"萨格说,"也许他们想让我们放松警惕。"

罗利再次摇了摇头。"不。"他说,"只有我们。"

萨格坐在马鞍上,有些摇晃。有那么一瞬间,罗利放松了缰绳,看着他。

"萨格。"他说,"萨格,你得停下。"

萨格没说话,只是继续骑马。

"萨格。"他在后面喊道,"我要停在这里,我是认真的。"

但萨格没有回头。他只是继续向前,还在摇晃,仍然保持着他那缓慢、悠闲的骑行节奏,在路上转了一个弯后,他消失在了罗利的视线里。

罗利小声骂了句脏话,踢了下身下的马跟了上去。

罗利没被落下太多,可当他转过弯时,萨格和他的托韦洛马都不见了踪影。他勒住马,仔细看了看托韦洛马留下的踪迹,可马的脚印也到了尽头,很突然。他往回走,去萨格可能去的岔路看了看,可他什么也看不到。他骂了脏话,这次声音更大。

"萨格!"他大喊,没人回答后,他掏出手枪,朝天空开了一枪。他等待回音消失,然后仔细去听,但没有听到任何回应。他用马靴上的马刺轻踢身下偷来的马,直到马开始大步飞奔。他沿着小路追到了下一个转弯处，可还是没看到萨格。

他沿着小路又向山上骑了半英里左右，寻找萨格所说的小屋，可哪里都找不到有人生活的迹象。在他骑马上山的过程中，白杨树的叶子突然变黄了。小路和河流更近了，水流声也变得越来越大。他看到阳光沿着山坡的一边落下，再消失，空气顿时寒冷起来，在渐渐消失的光线中，像纸一样薄的树皮慢慢泛出了灰色。

在河的对岸，他看到一个洞穴的入口，也许那是一个旧的矿井。他找到了一个可以渡河的地方，骑着马到了河对岸。在另一边河岸，他下了马，把缰绳系在树上，然后爬上岩石山坡，再滑到洞穴入口处。

这里不是矿井，只是普通的洞穴。洞穴里很干燥，地面相对平坦，有一股尘土的味道。他看不出来洞穴有多深。在靠近一边墙壁的地方，有人用涂抹过泥土、磨损过的石块摆成了圆形。那是个火坑。这里虽然不是小屋，但也算个庇护所。能用。

他开始收集木材。周围有足够多的枯树枝，所以他只用了一两分钟就捡到了一堆。虽说太阳已经落到了山的背后，但还残留着一些光亮。他试着估算光亮能持续多久，但发现看不到太阳根本没法估算。也许能持续五分钟，也许是二十分钟。月亮还没出来，但他不知道这意味着月亮还没出来还是不会出来。他叹了口气，把树枝放在马的旁边，然后解开缰绳，返回查看他能不能找到萨格。

他先夹了一下马肚子，接着让马自行找路。马先是飞奔了一会儿，然后大步慢跑，接着降下速度，直到他再次夹紧马肚子，一边用手抚摸马脖子，试图和马继续做朋友。他舒舒服服地骑了五分钟，光线越来越微弱。一分钟后，他几乎看不见什么了。

他准备收紧缰绳，返回那个洞穴，这时，他在小路对面隐隐约约看到一个形状。他靠近过去，斜着看了一眼，最后终于弯下腰查看。只有在碰到后他才确定那是个人。

"萨格？"他说，"你的马呢？"

"跑了。"萨格说。这个人跛着脚，几乎动不了，然后他闻到了油和血的味道。

"你还好吗？"罗利问道。

萨格只是低声笑了一下。

"快点。"罗利说，"我找到了一个洞穴。"

萨格没有说话，罗利把他拽了起来。萨格站不住，脚根本不听使唤，所以罗利只能放下他。他试了好几次，才终于把那个人背起来，在那个重量下摇摇晃晃地行走。抛了好几次，萨格被扔在马鞍上，他明确表示自己不想这样，可最终还是这么办了。牵着缰绳领着马，罗利朝洞穴的方向走去。

最初，他在黑暗中错过了洞穴，不得不原路返回。月亮没有出来，完全没有。到了最后，他只是因为记得附近河流的声音才再次找到洞穴，但他不得不停下来，点燃了一根枯树枝，才找到渡河的地方，在那之后，他甚至又找了一会儿，才找到洞穴入口。

他把马留在下面吃草，把火把放在页岩上自行燃烧，再把萨格扛在自己肩上。萨格只呻吟了一声，除此之外几乎没动。罗利背着他跌跌撞撞地爬上岩石，中途滑倒过也摔倒过，有一次甚至把萨格摔了下去，但他最终还是把同伴推过了洞穴边沿，推进了洞穴入口。他先回身去找火种和铺盖，接着自己也爬进洞穴。

"这就是小屋？"地上的萨格问，他的声音好像在说悄悄话。

"不是。"罗利说，"但这是个庇护所。"

"离得不远了。"萨格突然说道，"就在下一个转弯处。"

罗利无视了他。

他把萨格扶起来靠墙坐，然后收拾树枝生起了火。他的火生得不大，既是防止他们还被跟踪，也是因为不想让洞穴里全是烟，不过只要靠近火堆，还是能感受到一些暖意。这不是小屋，但也不是荒野。它能起作用。

在闪烁的光亮中，萨格的脸色看起来很苍白，像死人一样。罗利叫了一遍他的名字，又重复了一遍。萨格似乎没听见。

罗利沿着火堆边缘走过去，晃了晃他。

"在这儿。"萨格小声说，"还在这儿。"

罗利小心翼翼地清理另一个人的靴子。他一直以为对方会呻吟或者躲开，但他始终没做出这种反应，也没说话或移动。当靴子终于松动时，血顿时涌了出来，溅在罗利的手上和靴子上。"这个人身体里还剩多少血？"罗利想知道。

他用刀划开萨格浸满血的裤腿，接着仔细剥下了伤口上的敷料。当他擦干血后，敷料下面的皮肤呈现出青灰色，伤口皱起，还肿了起来。他尽力清理了伤口，又用同样浸满血的敷料包扎了伤口。随后，他绕回到火坑属于自己的另一边坐了下来。

"你还活着，对不对？"罗利问道。萨格没有回答，于是他绕回到火坑那一边，用靴子戳了戳萨格的身体，重复了前面的问题。

"什么？"萨格问。在罗利看来，他说话时嘴唇几乎没动。或者说，也许他动了。也许只是火焰和阴影显得他动了。罗利侧过身子，吐了口口水。口水没有击中火焰，但落在围绕火坑边缘的一个石块上，发出嗞嗞的声音。"你还活着吗？"罗利第三次问道。

"这算什么问题？"

"你要失去这条腿了。"罗利说。

两人沉默了很久，突然出现了一个怪异的刺耳喘息声。罗利想了一会儿才明白，那是萨格在笑。

罗利静坐着，盯着火焰。他很饿，但不用骑马的感觉还是很好。

"小屋里有吃的吗？"他问。

"当然。"萨格说，"随便吃。"

罗利继续盯着火焰。洞穴里空气的流通方式，使得火焰在几秒钟时间里就从跳跃着燃烧变成了几乎贴地燃烧。他就是忍不住一直看。

他深吸了一口气。"明天。"他说，"明天，你留在这里。我去看看能不能找到小屋。"

"明天我会在我在的地方。"萨格说。

"你什么意思？"一头雾水的罗利问道，但萨格没有回答。"这话说得很奇怪。"罗利说，"你什么时候不在你在的地方？"

"正是这样。"萨格说。

罗利朝火焰更远处看去，这次失神得更久。等回过神时，他也不知道时间过去了多久。他来回摇头，试图理清思绪。"我们应该睡会儿觉。"他说。他转过身去，开始在洞穴地面上伸展四肢，希望让自己舒服一些。就在他马上就要找到舒服的姿势时，他听到了一个极其轻柔的声音，起初他都不确定自己听没听到，直到听到萨格叫他的名字。

"怎么了，萨格？"他问。

"我需要靴子里的一个东西。"萨格说，"能不能帮我拿出来？"

"是你穿着的靴子还是没穿的靴子？"

"没穿的。"萨格说。

"都是血的那个。"罗利冷淡地说。

"都是血的那个。"萨格肯定了他的说法。

"我才不会把手伸进那个全是血的东西。"罗利说。他用胳膊肘支撑起上身。在火焰对面,萨格还是没有移动。"这不卫生。你到底要找什么?"

没听到回答,罗利叹了口气。他靠近过去伸出手,从石头地面上拿起靴子,然后翻了个身,坐了起来。他把靴子倒过来摇了摇,但什么也没掉出来。他在地上敲了几次鞋跟,然后又把靴子倒过来。还是什么都没有。他把靴子扔了回去。靴子翻滚到萨格的脚边。

"你说那是什么?"罗利问道。

"没什么。"萨格说,"是好运。"

"不,那儿什么也没有。"罗利说。

"我猜也是。"萨格说。

他们停在那儿,看着火苗颤动。罗利心想,这像是个活的东西,能呼吸的东西。就在他有了这个想法时,火苗突然变暗了,给人一种马上就要熄灭的样子。

"我们应该躺下来,睡会儿觉。"罗利说。

"我没事。"萨格的声音穿过木炭燃烧的火焰,"你躺吧,我在这里挺好的。"

"好吧。"罗利说。但不知道出于什么原因,他还是坐在那里,盯着火苗和萨格在对面留下的阴影。

他不知道过去了多久。也许过去了很久,也许只过去了一会儿。逐渐熄灭的火苗仿佛对他催眠了一样,也有可能是他睡着了。可当他突然听到萨格的声音时,他不确定究竟是自己做梦,还是萨格真的在说话。

"知道黑色树皮的故事吗?"萨格的声音问。洞穴现在完全陷入黑暗中,罗利甚至看不到另一个人的一丁点形状。他在眼前摇了摇手指,可什么都看不见。

"黑色什么?"他问。

"树皮。"萨格说。

"就是树上掉的那东西?"

"对。"萨格说,"为什么不呢?"

"你什么意思?什么为什么不呢?"罗利问,他现在更清醒了,也很恼火,"要么是,要么不是。"

萨格好像没听见的样子。他已经开始讲故事了。"一个人在大衣口袋里发现了一块黑色树皮。"他说,"他不知道那东西是怎么到口袋里的,但就在那里了。"

他停顿了足够长的时间,引得罗利问:"这就是你的故事?"

"差不多吧。"萨格说,"整个故事聚集在那些文字里,在那个开头。剩下的需要梳理出来。"

"那是个什么故事?"

"我们要梳理出来吗?"萨格问。

罗利耸耸肩,随后意识到萨格看不见。"睡觉吧。"他说。

"你很快就能睡着。"萨格说,"现在,听着。"

"一个人在大衣口袋里发现了一块黑色树皮。"萨格重复道,"他不知道那东西是怎么到口袋里的,但就在那里了。"

"他掏了出来,盯着看。他不确定这东西来自何处,属于什么树,或者说是不是树上的。"

"还有什么有树皮?"罗利问道,他突然觉得很怪异。

"这个人也是那种只认得树皮的人。"萨格说,"和你一样。他在大脑里想了一遍自己知道的所有树,但想不出任何像这块树皮一样黑的树。也许这本该说明了什么问题。但他只是看着那块黑色树皮,看了很久,然后扔掉了。"

"再穿上大衣时,那块树皮又出现在那里了。"

"什么意思,又出现在那里了?"罗利问道,他提高了声音。

"就像我说的,又出现在那里了。"

"可他扔掉了。"

"是的。"萨格说,"他是扔掉了。"

"那树皮是怎么回到他口袋里的?"

"那不是故事内容。"萨格说,"那是被省略的部分。我讲的是黑色树皮,我知道什么是故事内容,什么不是。别说话,听我说。"

"再穿上大衣时,树皮又出现在那里了。他掏出那块树皮,扔掉后,伸手进口袋,树皮又在那里,回到了同一个口袋里。他掏出来后扔进火里,过了一会儿,树皮又出现在他的口袋里了。"

"你为什么要跟我讲这个?"罗利问。

"不管他扔到哪儿,树皮总能回来。他觉得自己要疯了。最后,他从口袋里掏出黑色树皮,放在桌子上,拿起一个锤子。可当他准备用锤子砸树皮时,它却睁开眼睛看着他。"

"它的什么?"罗利打断了萨格的话。

"它的眼睛。"萨格说。

"眼睛?"罗利说,"可树皮没有……"

"不要打断我。"萨格的声音说道,"它的眼睛。没错,那就是我的话。眼睛。你别试图去想别的,觉得那有什么我没说到的意思。每次你觉得自己搞懂了世界的时候,相信我,那时候恰恰是世界搞懂了你,准备跳出来打垮你。"

"当他准备用锤子砸时,黑色树皮睁开眼睛,看着他。就是这样,只是看着。但看了很长时间,没有眨眼。那个人也在看,尽管他想移开视线,但他发现自己做不到。然后,黑色树皮闭上眼睛,他就可以移开视线。所以那个人小心翼翼地拿起树皮,装进口袋,一直放在那里,直到死去。等他死了,树皮对他也没用了。"

等他醒来,天已大亮。不知怎么的,睫毛在夜晚时粘在了一起,他不得不揉了揉,才让眼睛睁开到能清楚看到眼前景象的程度。萨格不见了,可罗利也不知道怎么会这样——那个人几乎动不了,更别说走路了。在前一晚他支撑着坐起来的地方,洞穴墙壁上覆盖着一片隐约呈现为人形的血迹。就像萨格的马身上的形状。考虑到萨格已经失去了很多血,所以很难想象他的身体里还有那么多血。太多血了,而且是人的形状。"血天使。"罗利心想,然后他晃晃头,试图把这个词从脑海里甩出去。

他站起来,卷起铺盖,停在洞穴入口,希望尽量将眼前的景色收入眼底。他没看到追兵,也没看到萨格。

他走了下去,来到小河边,洗掉了脸上和手上的血,喝了一大口水。他的马就在那里,很平静,身边的草被它吃掉了。他鞴好马鞍,骑了上去。

他还是走在同一条小路上,不知道还能做什么。也许那个小屋就在山上什么地方,或者是别的小屋,反正总会有的。他骑马经过摇摆的白杨树林,其中点缀着杜松。前方的山顶上散落着白雪,露出光秃秃的花岗岩。天气非常冷。为什么有人在这里拥有小屋?

他发现了一棵低矮的山楂树,吃了几颗硬果子,好让自己的胃里多一些水之外的东西。果子的表皮导致他的嘴唇发痒。还是没有小屋,或者说他还是没看到小屋的踪影。当小路分出一条岔路时,他走了上去,来到了一个钉着木板的矿井入口。

到中午时,他开始头晕目眩。他发现了一些他认为是黄蒿的植物，这东西的种子是棕色的，还不断落在地上。他吃了不少，他折断植物的茎，剥掉外皮吃掉中果皮，然后坐在树荫下，直到感觉自己能继续前进。

过了一会儿，他的胃开始抽痛，皮肤变得湿漉漉的。他还在骑马，但速度慢了下来，弓着身子趴在马背上。有几次他停下来跪在小路边，恶心想吐，但什么也没吐出来。

他喝了点水，说服自己至少感觉好了一些，但还是有一些时间段，他不确定自己是什么，或者是谁；在这样的时间段里，他会发现自己出现在一段小路上，而他根本不知道自己是怎么到达那里的。

到了下午早些时候，小路开始逐渐消失，他很难沿路前进。很快，他就彻底迷路了。

等他重新回到洞穴时，时间已经接近傍晚。他想继续向前，走过那个洞穴，但他精疲力尽了，他的马也很累。不，最好还是在一个熟悉的地方停留几小时，等一会儿，休息休息，早上再继续。

在洞穴附近，小河旁边，他发现了萨格的马。马的一边身体还有着"血天使"，在越发黯淡的光线下呈现出接近黑色的颜色。"萨格？"他用沙哑的声音问道，但没人回答。昨天罗利找到他时，萨格的马不在他身边。这马肯定是自己跑到这里，它闻到了罗利的马的味道，或者可能闻到了萨格的味道。这匹马没什么特别意义。

尽管如此，爬上岩石山坡，发现洞穴空无一人时，他还是松了一口气。

在黑暗中，他躺在洞穴地上，浑身颤抖。"起来。"他不停对自己说，"生火。"可他还是躺在那里。

他听到外面的马在嘶鸣。他以为马很快就能安静下来,可并非如此——有什么东西还在不停地激怒它们。他用手握住左轮手枪。他对自己说,如果非做不可,他可以出去搞定一切。

洞穴开始变暗,而且越来越暗,暗到他也不确定洞穴的入口在哪里了。周围的一切似乎也同样地黑暗。即便他想收集木材,他也不知道该去哪儿。

过了一会儿,他觉得身上渐有暖意,也变得昏昏欲睡。他不需要火,他对自己说。他只需要睡一小会儿。明天他能重新开始,骑马下山,寻找食物,寻找庇护所,重新开始生活。

在温暖的火光中,他醒了。他躺在那里,盯着火,看着火苗前后摇摆。抬头看时,他发现萨格站在身边。他略微摇晃,一只靴子没了,衣服上还有黏稠的血迹。

"你到底从哪儿来的?"罗利问道。或者说,他以为自己问了。他不确定自己的嘴唇动没动。他想坐起来,可发现自己动不了。萨格在他身边站了一会儿,然后拖着脚走到火堆另一边,重重地坐在他前一晚坐过的地方,那个由他的血标记出来的地方。

萨格把手伸进火中搅了搅。空中飘起火花,一瞬间空气中有股烧焦的头发的味道。火焰似乎没影响到萨格,他抽回了手,但是速度很慢。

"舒服吗?"萨格问,"还活着吗?"

罗利在心里说:"怎么回事?我出了什么问题?"但从外表上看,他的头没有动。

"不管怎么样,都不重要。"萨格说。然后他大大地张开嘴,笑了起来。这个样子看起来很可怕。罗利变得非常害怕。

很长一段时间,萨格就是在那里笑。然后,突然之间,他的脸放松下来。"我该给你讲个故事吗?"他问。

"不要。"罗利心想。

"我该给你讲一个不是黑色树皮的故事吗?"他问道,"一个所有黑色树皮都被省略的故事。"

"不要。"罗利心想,"求你了。"

"那就讲个故事吧。"萨格说,"至少为了送别讲一个。我会讲一个好听的故事。"他又笑了,还是同样可怕的微笑。然后,他的嘴唇动了,说出了"让我们开始吧"这句话。

——献给杰西·鲍尔

一份报告

距离我提交那份报告已经过去了一周,而且从那之后,我作为这样一个被监禁的人,已经在脑海里翻来覆去地回想那些文字了。最初让我觉得流畅、简练的那些句子,如今显得非常拙劣,很容易被人指摘,只要略微注意就可能被挑出错误。实际上,他们一定这么做了——否则,我为什么会在这里?我最初认为堪称语义清晰典范的文字,如今显得弯弯绕绕,难以站得住脚。如果现在要求我提交报告,如果他们突然出现,打开门让我复述一遍报告,但只能复述心里记住的内容,我说出的还会是同一份报告吗?不。就算文字是一样的,那份报告也不一样,我做报告时也不会像之前那样坚信不疑。事实上,我已经尝试过再次复述自己的报告,这次是对着自己牢房的墙壁。尽管我相信自己能一字不差地背诵出来,可这些文字现在似乎要背叛我。或者说,我要背叛这些文字,因为我的声音无法再像过去那样与它们共鸣。

可他们没来找我,以后也不会来。我能看到的他们只是闪过的一双双手,把吃的通过门底下的窗口扔进来,但很快就会消失。

当我提交了报告、第一次被送到这里时,我想大声号叫引人注意。我高喊这是个错误。我恳求,我哀求,接着开始求救。很快,我就听到其他囚犯的回应,他们让我闭嘴,警告我,说我正在犯错。可我还是在号叫。我心想,我现在相信,和那个力量进行一些互动交流,即便这会让我痛苦,即便那个力量可能打我、让我流血,那也比没有一丁点儿互动交流更好。

事情可能真会演变成那样。可我得到的并非那个结果。

门那边传来声音时,我打起精神做好准备。可门并没有打开,只有最下面的小窗口打开了。一只苍白的手迅速伸了进来又收了回去,只留下一张揉成一团的纸。我赶忙拿起这张纸,展平后看到了上面写的这些字:

闭嘴,否则我们就会烧他的脚掌。

"什么?"我心想,"这太离奇了。"他们甚至不是威胁要伤害我,而是通过威胁别人而间接地威胁我。我难道不配被直接威胁了吗?而且"他"是谁?这个他对我有什么意义?我为什么在乎他的脚掌会不会被烧掉?

于是我继续大喊,只有在我左边的牢房发出声音时才会停下来。那是牢房门被打开的声音,然后我能听到某种肢体冲突,接着是音量提高的恳求声,随后是嗞嗞声,还有一股很像烤肉的味道。一个男人在尖叫,不停地叫,一个劲地叫。这些声音渐渐变小,然后我听到匆匆离开的脚步声,一切似乎安静了下来。确实,都安静了,包括我自己,除了隔壁牢房传出的男人的呻吟声,这个声音持续了几个小时,直到他昏了过去。

这是第一天。

我揉了揉自己的脚,重点是脚底。自从我从小窗口收到那张揉成一团的纸后,我就特别在意自己的脚。它们是我早上睡醒时最先意识到的身体部位,也是我晚上睡觉时最后入睡的部位。我揉着它们,不知道什么时候轮到它们被烧。

我忍不住地想，我到底认不认识那个被折磨的人。他们为什么用折磨一个我不认识的人来威胁我？如果我不认识他，他们为什么忘了告诉我他是谁？如果他们折磨的是我爸爸，或者是我兄弟，甚至是我的朋友，这不比折磨一个我不知道是谁的人更有效吗？

你以为会是这样，可事实证明，不是。对我来说，不知道那个人是谁更糟糕——不知道自己到底认不认识他，不知道惩罚是否随心所欲——这比明确知道他与我关系亲近更痛苦。如果他是随机被选中的人，无缘无故受到折磨，那我们都完蛋了，这地方更可怕了。

自从第一天后，我就一直保持沉默，或者说接近保持沉默。我短暂地大声喊叫或者低声细语，但是早在草草写下的纸条和威胁通过小窗口交给我前就陷入了沉默。我尝试联系隔壁牢房的人，可除了第一天和第二天发出的呻吟声，以及第三天拖着受伤的脚站起来重新走路时骂出的脏话，他没有回应过我。

不管怎么说，尽管从没见过他，但他在我的大脑里已经变得栩栩如生。他很可能又高又瘦，但在我大脑里，他是个矮个子，而且神情紧张。就像我一样。他戴着会计常戴的那种又圆又厚的眼镜，和我的眼镜不一样——或者和我的一样，不管怎么说，他的眼镜被打坏，在看守烧他脚掌时被其中一人踩碎。没有了眼镜，世界变得模糊不清，或者说近乎模糊不清。

他不知道自己为什么在这里。和我一样，他没有得到任何解释；和我一样，他在来到这里的第一天也在大喊；而且和我一样，他们也通过折磨隔壁牢房囚犯的方式威胁他，直到他彻底安静。因为这个原因，我告诉自己，他知道其他人开始号叫后会发生什么，也许他也怀疑，自己最终会沦为其他人惩罚的对象。

可当惩罚降临时，他会接受吗？会把这看作自己施加给其他人折磨的一种赎罪吗？还是说，他会怨恨拒绝保持安静、导致自己受到惩罚的人？他会憎恨那些把他关在这里的人吗？当然，肯定啊，我对自己说，肯定是各种情绪混杂在一起，只是不同的情绪分别有多少、程度有多深，谁能知道？他是否不仅感受到了这些情感，而且对他知道肯定会出现在隔壁牢房的纸条感到不屑一顾——他忽视了纸条上的警告，导致自己受到折磨，这一切，谁又能知道呢？

他们的警告总是一样的内容吗？他们威胁要烧的总是脚吗？你总是知道等在前方的是什么惩罚，就是因为你知道自己导致其他人受到了怎样的惩罚吗？

我不得不等到第四天，才发现真相。也不能说是发现真相，因为只要他们关着你，你永远也发现不了真相。你可以想象隔壁牢房的人长什么样；你可以给他一个外表，借用自己的外表，或者把自己和与自己亲近的人综合在一起——比如父亲、兄弟或者朋友。可名字和身体之间总是存在差距。你永远看不到他，永远无法确定你的想象和他的现实之间是否存在一定程度的相似。

你也可以想象，他和你一样，不知道自己为什么会在这里。但你不是唯一可以玩这个游戏的人。他肯定也在想象你的样子，而且在他心里，你已经不是自己心目中的样子了。也许他在想，和他一样，你是因为非常明确的理由出现在这里，比如因为你支持反对派。可你并不支持反对派——你在报告中明确提到了这一点，或者说，你觉得自己说清楚了——"我"在自己的报告中说得很明确，我是想这么说，还是说我已经说了；我已经把代名词的"我"搞糊涂了——而且他可能这么想你，或者这么想我，这让我感到担心。如果真是这样，谁知道他还搞错了什么？

而这就是这样的监禁带来的真正难题：重点不是你被关着，而是世界被他们隔绝于你。你知道世界还在那里——你被给予了刚好足够的噪声（脚步声、喃喃低语声、呻吟声），让你心里不得不明白——可你无法通过被给予的少量信息构建完整的图景。你知道周围有人，就在你的牢房墙外，可你根本不知道他们长什么样，甚至也不知道他们为什么被关在这里，不知道他们会不会把你当朋友，还是会像干掉敌人一样干掉你。你知道有看守，可只凭一天两次、从牢门下方的小窗口一闪而过的手，时而苍白时而不苍白，你根本没法想象他们的样子。肯定有一个看守和那只手连在一起，或者是好几个看守，可就连这也开始让人觉得有问题了：那可能是个假手，后面连着一根棍子。甚至有可能是从囚犯身上砍下来的真手，被装在棍子上，通过某种病态的木偶操控。那根本不是看守的手。

不，你能确定的最后一件事，就是一动不动站在他们面前，交出你的报告，然后发现从他们的脸上看不出他们对报告有什么反应。你的嘴正在说出报告的最后几个词，可到了这个时候，你很难关注自己在说什么。相反，你想知道自己不能确定他们反应的这个事实，到底是好兆头还是坏兆头。然后，你做完报告，站在那里，等着。过了一会儿，身后扔来一个麻袋套在了你的头上，绕在你咽喉处的拉绳被拉得足以导致你窒息，他们也确实让你窒息了，你昏过去了，然后就醒在这个牢房里。你记住的最后一件事，就是听你报告时他们没有任何表情的脸。甚至到了最后一秒，就在麻袋套在你的头上前，他们对接下来你身上将会发生什么也没有做出任何反应。

我又用"你"这个说法，而不是"我"或者"他"。而这也是问题之一。

第四天发生了一阵骚动。看守们冲进大厅，听起来像是一大群人，后面还拖着什么东西。我趴在地上，想从小窗口向外面看，但和往常一样，除了给我送饭时，这个窗口总是被挡住。

不管怎么说，我听到他们路过。没错，我敢肯定他们拖着什么东西。我想，也许是拖着什么人。他们打开我右边牢房的门，我听到什么人或什么东西被扔进去的声音。然后门哐当一声又被关上了，脚步声慢慢远去。

之后过了一段时间，什么也没发生。几分钟过去了，也许是一个小时。然后我听到了一声呻吟，我心想："开始了。"

"喂？"过了一会儿，一个声音说道，"你好？"

我没回答。没人回答。

"有人吗？"这次的声音更大了。还是没人回答。

"我为什么在这儿？"那个声音大喊。这次他喊得撕心裂肺。

"嘘。"我听到其他人说，那个声音急切地接过话。"喂，喂？"这个声音说道，"你能不能帮帮我？我不该在这里，这是个错误。"没人继续回应，这个声音不停说这话，而且声音越来越大，最后喊了起来。

我尽量忍耐着听他说话，心里越来越焦虑，最后终于恐慌到无以复加，我忍不住脱口而出：

"看在上帝的分儿上，哥们儿，安静！"

可就像几天前我的声音一样，这个声音还在不停号叫。很快，他就沮丧得无法停止叫喊。我能想象到附着在这个声音上的人什么样——脑袋上的眼睛转个不停，麻袋套在头上、被勒住窒息的感觉还历历在目——他还在因为一份报告就能导致这样的结果惊诧不已（假设他和我一样，被迫做出报告）。他觉得不可思议。不，肯定出错了。他向来支持政府，而且他的报告无可挑剔。不，肯定是哪里错了！

· 019 ·

与此同时，我在这里，听着他喊叫，感觉不仅他的时间慢慢耗尽，我的也是如此。没错，我体验到了自己描述中那个因为我而被打的人的一切感受，除此之外，我还多了一种无可奈何。我摘下眼镜，小心地把眼镜放在牢房远端的角落里，希望看守看不到，祈祷我的眼镜能躲过一劫。不知道还能做什么，我坐在地上，等待我知道将要发生的未来。

走廊里传来脚步声，缓慢且整齐。喊叫的那个人迟疑了一会儿，他可能以为有人来帮他了。外面传来了他的门下小窗口打开又关上的声音，然后脚步声渐渐远去。

有那么一段时间，周遭只有安静。我想象他打开纸条，看到了上面的信息。"闭嘴，否则我们就会烧他的脚掌。"他不知道这里的"他"就是我，可就算知道，他也不在乎。

就这样，他又开始喊叫了。喊叫声持续了两分钟，也可能是三分钟，随后走廊里再次出现看守的脚步声，他们经过那个人的牢房，径直朝我这边走来。我紧咬牙关，等待着。

可他们并没有停在我的牢房门口，而是继续向前走，路过我的牢房走到了隔壁，如果我没搞错，那间牢房里关着的就是之前因为我脚掌被烧的那个人。

牢门打开了。那个人已经在惨叫了，他的哭喊声听起来很吓人。空气中有股皮肉被烧的味道，还能听到更多的惨叫。幸运的是，他昏过去了。接下来，传来了看守离开时非常缓慢的整齐脚步声。

"为什么不是我？"我想知道。他们出错了吗？他们是不是忘了轮到我了？

或者更糟糕的情况，他们总是折磨同一个人？他究竟做了什么，让他们反反复复烧他的脚掌？

要么是另一种糟糕的情况,这里可能根本不存在体系或逻辑。也许任何人在任何时候都有可能受到折磨,我们无从知道会不会是你,不知道折磨的频率,也不知道这样的折磨会不会停止。

"烧我吧。"我躺在地上,盯着天花板时心想。如果房间里不是这么黑暗,天花板在我眼里就是一片模糊,因为我的眼镜还放在角落。我知道眼镜就在那里,但我没办法让自己过去拿。这里能有什么我想看的东西吗?

我想到了自己的报告。那很简单。我被要求观察一个人。我要看着一个房子,报告提到这个人在一天时间里来来去去。我这么做了,就是按照他们的要求。然后,我需要报告自己看到的一切。

来:这个人来到房子这边了,他开着小车。我不知道那是什么车,但我知道车是蓝色的。而且是小车。他下了车,走到门口,用钥匙打开了门。

去:过了一会儿,那个人又出来了,这一次他在跑,脸上露出惊慌的表情,衣服上沾满了血。最初我不能确定血是他的还是其他人的。可当他想打开车门时,他先是跪在地上,接着身体慢慢倾斜,直到彻底倒在地上,我才推断出,没错,那是他的血。

这就是我的报告。我按照要求留在原位直到天黑,然后过来提交了报告。我仔细斟酌了遣词造句,认真想了该说什么、不该说什么。我描述了车的情况:是辆蓝色的小车。我描述了那个人的上衣在沾满血前后的样子。我没有给出那个人的名字,因为我不知道。他们只给我展示了那个人的照片。我不知道他是谁,也不知道他是不是重要人物。

我没有描述那个人倒地后大约五分钟从房子里出来的两个人,也没有提到其中一人走到步行道尽头后左转、另一人走到尽头后右转,两个人看起来不仅无视对方,也无视躺在自己血泊中的那个人。我也没提到其中一人后来绕了回来,可能是两分钟后,进入那个将死或者已死之人的车里,要么把什么东西放进杂物箱,要么把东西拿出杂物箱。如果他们问,我已经准备好了这些信息。可我感觉,除非被问到,否则这些信息不在我的报告范围内。但我可能在这件事上犯错了。也许这就是我被关在这里的原因。

我睡了一会儿,但睡得并不踏实。当房间里的灯光亮度开始变化,当黑暗渐白到我们称之为"白天"的程度时,我彻底醒了。这里的"我们",我当然指的是"我"。"我"明白。我只能代表自己——我需要记住这一点。我是带着让人安心的想法醒来的:也许他们不会烧任何人的脚。也许这只是个恶作剧,是一次模拟。也许他们录下了某人被打的过程,只是反复播放罢了。

如果我能让自己相信这个想法,也许这事就没那么困扰我了。也许我的脚就不会有刺痛感了。

我听到左边和右边的牢房传出有人活动的声音。如果右边牢房里的人是录音,那他录得可真长。不,那里面肯定是个人。

我想说,我为自己看到的景象、我为看到那个人在我面前死去而震惊。但不是的,我并不震惊。我已经提交过太多这样的报告,所以在为他们收集信息时,发生的事实一点儿也不让我意外。不,更让我震惊的是他们烧隔壁牢房里那人的脚掌时发出的声音,以及我闻到的皮肉被烧的味道。如果看到经过,我还会这么震惊吗?我不觉得。

五天过后,现在去想自己还能不能知道为什么会被麻袋套头、被带到这里,好像为时尚早。可我忍不住就是想知道。想知道自己会不会被释放也为时尚早,可我也忍不住去想。

我觉得,是第六天吧。我被一个奇怪的声音吵醒,那是一种咔嗒声,最开始我以为是自己的想象,我以为是自己脑袋里的声音。可当我捂住耳朵后,我就听不到声音了。我跪在地上在牢房里爬行,想要确定发出声音的位置,但声音停了一会儿,所以我找不到。我心想,也许是我臆想出来的。可声音终于又出现了,我也意识到了它的出处。

有人在用什么东西敲铁制的牢门,但敲得很谨慎,动作相对轻柔,以免吸引看守的注意。那是一个微弱的敲击声。来自我左边的某个地方,大概是我左边的牢房,或者是再左边的牢房。先是快敲两下,然后慢敲一下,接下来是一串更复杂的敲击声。这是刻意敲打的声音,而且切分节奏很奇怪——这些声音中有一种模式,但我没有立刻分辨出来。那不是莫尔斯码,也不是我知道的任何密码。那是我完全不熟悉的节奏。我试着通过在土里做记号的方式重现这个节奏。这样一来,我意识到这是一段重复敲击的节奏——三十次快敲慢拍,接着是非常长的暂停,随后重复。

这种情况持续了一段时间,接着看守们来巡视了,他们的脚步声在走廊中回荡,那个敲击声也停了下来。等他们走后,敲击声又出现了。

这是怎么做到的?我不禁好奇。我们没有鞋,或者至少可以说我没有鞋。我的腰带也被收走了,除了散落的几根稻草,牢房里什么也没有。

然后,我想起了自己的眼镜。

我用了好一会儿才搞清楚怎么弄出声音,在那之后又过了一会儿才让弄出的声音足够长,且时机恰到好处,让那个敲击人能够听到，并且停下来倾听。可当我差不多和他一样敲完那段节奏后，他快速连拍四下，我把这当作鼓掌。这是什么？我在说什么？我重复了什么信息？我不知道。可当我重复过一次后，我就开始一遍又一遍地重复。我还在考虑自己的报告，还在想我本该在哪些地方采取不同的做法，但敲击让我想得没那么多了。

我重复了一遍，又重复了一遍，不知道在已经弯了的眼镜敲坏前能持续多久。我不断重复，直到在重复敲击之间的沉默时间里，从我右边听到了同一个节奏的声音，起初是试探性的，然后声音越来越大，也越来越有信心。我听着，确保敲击的节奏正确，和我听到的一样，当我觉得一样或者足够接近时，我会快速连拍四下，为他鼓掌，鼓励他。随后，我发出的声音信息就会慢慢散去，沿着这一排牢房朝着某个地方、某个人飘去。我是传递一个信息的链条之一，只是我不能理解这个信息。但也许有人能理解。

在那段时间里，我能听出来自己的敲击声沿着走廊向远处飘去，但很快它就变得无影无踪，让我很难听到。接着，声音彻底消失了。我可以想象它在继续移动，可以继续说服自己，不管是对是错，它还继续存在，只是我再也听不到而已。

我在等待信息回来。我躺在地上，想到自己的报告，想到那些可能导致我身在此处，也可能没导致我身在此处的文字。没在报告里提及自己看到那个人被杀可能是个错误，可我不得不说，也许就算提到了我还是会被带到这里。谁又能确定呢？也许现实更简单，而且跟我毫无关系。也许每第十二个做报告的人都会得到和我一样的待遇。也许这一切根本无从解释。

我在想：如果他们要求我就这个敲击声做一份报告，我该怎么说？

也许我根本不能合理地做出这份报告，至少在我搞明白敲击的意义前不能。

我试着轻轻呼吸。我试着不去呼吸。我在等待这个敲击声回来。

我整晚醒着，想听回来的敲击声，想感受敲击声从对面回来的移动轨迹。但它始终没有出现。

到了早上，我又注意到记录在土里的敲击节奏，一直盯着看。我还想解密，我在这个序列中寻找各种动作的频率，也许那代表某个字母。比方说，那可能是个元音字母，或者是常用的四个辅音字母之一。可我能想到的都是没用的东西。我试着从敲击声成对出现的角度思考，每一对合起来才有意义，而不是分解有意义，但这个方法也没取得进展。

我继续等待敲击声回来，不管是最初的形式还是换了一种节奏，从我传送出去的地方回到声音源头。可声音还是没有回来。

也许敲击不是由囚犯发起的，而是一个看守在空牢房外敲打造成的。我有种奇怪的感觉，假如，假如我传递的敲击声的意思是"闭嘴，否则我们就会烧他的脚掌"怎么办？不，这当然很荒谬，但这提醒我，我对自己传递的信息一无所知。它的意思完全有可能是"这个牢房里的人是叛徒，应该杀掉他"。也许被提到的牢房就是我的牢房。

可我知道，如果敲击声重新出现，我没法阻止自己继续传递信息。除了迷失在自己的想法、自己的文字和那份失败的报告中，我在这里根本无事可做。和我成为传递链条之一，和在我之前有人提供、在我之后有人接收相比，信息的内容到底是什么没那么重要。这是我来到这里后遇到的最接近人与人接触的事情。

还是没有敲击声。我心想，我该不该再敲一遍。我当然可以敲，但这有可能引起混乱。如果他觉得有必要再敲一遍，为什么我左边牢房的那个人不这么做呢？

也许这些牢房中有一个人没办法敲击。也许信息卡在他那里，没法继续向前。

终于，我不由自主地又敲了一遍那个节奏，但隔壁牢房的人并没有接着敲。我又敲了一次，仍然遭到无视。于是我停下了。我坐着，等着，听着。如今，声音回来变得至关重要。可它还是没有回来。我一直等到了那天结束，但什么也没有。最后，我睡着了。

新的一天到了。这是第八天，或许是第八十天，也可能是第八百天。谁能知道呢？我贴在门上想听敲击声，但什么也没听到。我想听其他狱友的声音，可也完全听不到。我也有可能是独自一人。

可突然间，也许是几秒钟后，也许是几分钟后，我听到他们的声音了：走廊里的脚步声，隔着几个房间的一个牢门打开的声音，某个东西，或者某个人被扔进去的声音。

现在，我开始等待。显然，现在应该轮到我了。很快他就会醒过来，他会呻吟，然后开始大喊大叫。很快，某个人的脚就会被烧。也许是你的脚。"闭嘴。"你对自己说，"安静，等着。"

惩　罚

I

他们称之为"惩罚",至于为什么用这个名字,威勒姆后来记不清了。可名字不是处罚,也不是惩罚者:就是惩罚。他很肯定就是这么回事,到了后来,威勒姆最后愿意做的事情之一,就是确认名字没错,就是"惩罚",他威勒姆没记错。

他们八岁了,两个人都是。他们的生日是同一天,但在其他方面差不多都截然相反。他,威勒姆,个子矮小,皮肤蜡黄,长着一头黑发;而威尔森是个大块头,肤色红润,而且满头金发。两人的住处正好被峡谷路分开。威勒姆住在埃奇伍德,这是一片板房住宅区;而威尔森住在二百码之外曲折的上坡路上,他家的房子更大,是他身为建筑师的父亲设计的。他们有着相同的宗教信仰,但去的不是同一间教堂——峡谷路是两个教区的分界线。他们上的甚至不是同一所学校,峡谷路又一次成为分界线。他们的父母属于不同社交圈。可不知怎的,两人成了朋友。

怎么会这样,威勒姆不确定。这么多年回头再看,他就是记不清了。也许他们只是因为走在街上认识的。他本该在一切还来得及时就考虑向威尔森提出这个问题。

可他们是朋友,这无可否认,哪怕两个人的友谊只维持了几个月，如果是友谊的话。即便他们的友谊没能熬过惩罚。

惩罚结束后的最初几个月里，威勒姆总是在想。他不仅在想，而且还在密谋策划。那时他不知道惩罚已经结束了。他还在等着轮到自己。即便经受了那样的遭遇，即便带给了他那些痛苦，他还是希望轮到自己。这就是你屈服于惩罚的原因：一旦屈服了，就轮到你去操作，去成为惩罚本身。他希望轮到自己。

所以说，威尔森的妈妈在那之后一直不让威尔森和他见面，这让他很是沮丧。受伤的不是威尔森，而是威勒姆。他妈妈因为他的遭遇倍感慌张，而且担心不已，根本顾不上责怪威尔森。她始终没从威勒姆那里听到完整的事情经过。她既没有努力去了解，威勒姆显然也没有主动谈及。惩罚是私人性质的事情，只属于他和威尔森两个人。或者说，他是这么认为的。可威尔森的妈妈在那事之后每当威勒姆上门就声称威尔森不在家这个事实，却让威勒姆最终意识到，威尔森跟他妈妈说了惩罚，她是故意让两人分开。可即便意识到这一点，他还是不断去威尔森家，直到一如既往搞错他名字的威尔森妈妈说："威廉，请你不要再来了。"

从那之后，他试过不再去找威尔森。可最后，在压抑了几个月的冲动后，他还是去了，但却发现威尔森和他父母已经走了，院子里还插着一块写着"出售"字样的牌子。他很意外，威尔森的爸爸居然会离开那栋他专门为自己设计的房子。可他就是离开了，还带走了威尔森妈妈和威尔森。"这是因为惩罚吗？"威勒姆心想。当他脑子里想着"怎么会这样"时，手上奇怪的刺痛感却在告诉他，没错，原因可能就是这个。

然而，过了几个月，他就忘记了这件事。他在自己的学校里找到更像自己的朋友。他试着和其中一两个人重启惩罚，但没人能像威尔森一样透彻理解。归根结底，是威尔森帮忙想出了这个主意。确实，惩罚就是两个孩子刺激对方、挑战彼此，就是这么回事，每一次的挑战都比上一次更严肃一些，但这事也不止于此。他找不到一个能像他和威尔森一样理解这事的人。

于是，他放弃了。他忘了惩罚。他找到了其他人认为最适合他的位置，让自己去适应。他长大了，安顿了下来。他去教堂参加活动，但慢慢不去了，逐渐远离了教堂。他结了婚，有了一个孩子，孩子后来去上了大学。他的妻子最终也离开了他，他又变成了孤身一人，做着高中毕业后就做的同一份工作；他的手工能力非常高超，尽管手指残疾。

II

他的故事本有可能就那样结束。他本可以继续做自己的事，在死前一直过着简单、孤独、近乎修道士一样的生活。可有一天晚上，他下班回家后坐在躺椅上，头靠在保护头枕的灰色垫布上，然后他打开了电视。那时刚过六点，电视上正在播地方新闻，有一个接受采访的人看起来有点儿眼熟。即便如此，他也只是心不在焉地看了大部分节目内容，快到最后时，他们在画面下方又列出了名字，这时他意识到，这人的名字里有个"威尔森"。没错，他在那个人身上还能看到八岁时的样子，当年那个孩子并没有完全隐藏在那副和威勒姆一样已经五十岁的躯体中。他的名字旁边写着"慈善家"的字样。"这什么意思？"威勒姆心想。并不是说他不认识这个词，可这放在威尔森这里是什么意思？

他上网一搜，发现威尔森和他家人没有搬去太远的地方。他们在几个小镇外的地方重新安了家。这么多年过去了，威尔森仍然住在那里，而且创立了一家上市科技公司，因此变得无比富有。他用一部分钱设立了"威尔森集团"基金会，专注于教育事业。他们的其中一个项目就设在威尔森的家乡，那是一所新学校，用来取代威勒姆的母校——而非威尔森的母校，这所学校依旧资金充沛、资源丰富。第二天将举行动工仪式，威尔森将会出席。

那是这么多年来他第一次重新想起"惩罚"这个词——这个词本身就不合理，听起来就是错的，他们把动词用作名词，而且显然是故意的。可"处罚"和"惩罚者"听起来也不对。实际上，这两个词听起来更不对。也许他们终究还是用了惩罚这个说法。
"他会过来。"他漫不经心地想道，"为什么不问问他？"

吃晚饭时他一直在想这件事，而他的晚饭不过是打开一个罐头，用炖锅加热里面的东西。他已经学会直接用炖锅吃饭，他会在桌子上放一个锅垫，以防炖锅熔化塑料桌布。这样一来，他就不用刷盘子了。"不。"他心想，"惩罚，肯定就是这么叫的。"但他不确定。既然威尔森要来，为什么不问问他？

可威尔森还记得他吗？那已经是很多年前的事了，就算他还记得威尔森，威尔森为什么还会记得他？
他慢慢地、一口一口地嚼着食物。这是一个他跟自己玩的游戏：打开罐头时尽量不去看标签，然后在吃的时候猜是什么食物。通常他是猜不中的。
可他心想，威尔森肯定记得他。至少，威尔森也该记得拿走了他的手指。

他不记得最初的挑战都是些什么了。他认为——尽管不完全肯定——发起惩罚的是威尔森，甚至这个名字可能都是他起的。没错，这听起来很合理：威尔森来自小镇更好的地区，住着更好的房子——他本该主导这一切。威勒姆也会让他主导。他不记得挑战的顺序，也不记得他和威尔森为什么能这么顺畅、这么轻松地建立起他和威尔森都愿意执行的体系。他记得其中一些：威尔森在威勒姆膝盖背面的皮肤上捻灭一根火柴；威尔森让他深呼吸，然后迅速用手臂勒住他的脖子导致他昏过去；威尔森在椅子上放了个图钉，鼓动他坐上去。还有其他事，他记得没那么清楚，大部分都是小事——是些简单的轻微越界的事——可有些事更严重。当然，也有些事是威尔森不得不做的。威勒姆如今什么也想不起来，但这并不意味着当初没有发生。

他们在威尔森家进行了最后一次惩罚，他的父母都出门了。两人在地下室无所事事，一边心不在焉地看着电视，一边翻看放在地板上的大型地图册。这时，他注意到威尔森盯着他。

"怎么了？"威勒姆说。

"轮到谁了？"

"轮到谁干什么？"他问道，尽管他知道威尔森是什么意思。

"轮到你了，对不对？"威尔森说。

他先是点头，然后停了下来。轮到他了吗？不，他敢发誓轮到威尔森了。可威尔森看着他，目光坚定，似乎非常确定。于是他点了点头。

"很好。"威尔森说，"行，那我们上楼吧。"

他们爬上了地下室的楼梯。心思已经飘到即将发生的事情上的威勒姆，中途被绊倒了好几次。他们走到楼梯最高处，走进通向厨房的走廊。随后，和过去总是留在一楼不同，威尔森这次带着他来到角落里一个通向顶楼的环形金属楼梯边。

威勒姆跟了上去，他扶着楼梯中心的竖杆，爬楼梯时尽量不去看楼梯边缘。之前他从未去过顶楼。楼梯的外侧没有围栏，楼梯只是从中心竖杆延伸出来的薄薄的长方形金属板。他很难理解是什么支撑着他们，不知道为什么金属板在他的重量下没有弯曲。等到来到顶楼时，他已经匍匐在地，像狗一样爬行，尽量把体重分散到更多楼梯踏板上。

他爬上了铺着地毯的地板，但地毯很粗糙扎人，感觉更像绳子。威尔森已经在那里了，他用一种好奇的表情看着威勒姆，威勒姆当时并不理解那个表情，事后想了几个月也没明白。接着，威尔森倾身向前，一只手稳稳拉他站了起来。

他们向来如此：威尔森主导，他像动物一样爬上楼梯，进入房子里一个他之前从未去过的地方。每一件似乎都是小事，可加起来却让他越发愿意接受惩罚的这种表现形式。也许从头到尾，威尔森就是通过惩罚的每一种表现形式，专门做出了这样的设计。不管怎么说，就是一切综合在一起，才让他毫不犹豫地把第一个关节前的小指伸了进去，在威尔森口中，那不是他爸爸的雪茄切割刀，而是断指台。

接下来发生了什么，他的记忆很模糊。威尔森脸上露出了同样奇怪的表情。最初，他很意外地没有感到疼痛，而是产生一种炙热感，很快是一种剧烈的抽痛，最后才是痛，是一种他从未体验过的痛。有人在尖叫，后来他才意识到，那肯定是他自己。到处都是血。突然，威尔森的妈妈出现了，她的脸色特别白，她抱起威勒姆跑向自己的车，开车带他去了急诊室。

III

动工那天，他到得很早。除了几个用黄色胶带围住施工区域的建筑工人外，现场没有其他人。他们总是用奇怪的眼光看他。他觉得自己很显眼。但他还是留在那里等待，尽量不去担心，其他人终于慢慢出现，他也开始融入其中。一大群人突然拥了进来，他们聚集在一起站着聊天，电视摄像机也架了起来。威尔森就在人群中。"如果我只是站在这里，他会注意到我吗？"威勒姆心想。但威尔森似乎没有注意到。

动工仪式开始后没多久就结束了，威尔森和随行官员朝他们的汽车走去。威勒姆不得不跑起来才追上他们。当他抓住威尔森的外套时，那个人露出惊讶的表情，这个动作也引起了周围人的注意。

"威尔森？"威勒姆说。

"怎么了？"威尔森说，他的眼神透露着戒备。

"我是威勒姆。"他说，还伸手准备握手，"你不记得我了吗？"

威尔森开始摇头，可这时威勒姆已经把手伸进了威尔森手掌中，他握紧手掌，好让威尔森感受到那根没了的小指。他看到威尔森眼神中的迷惑迅速转变为认可，也看到他的脸顿失血色。他的脸上露出威勒姆记忆中最后一次进行惩罚时露出的那个表情，威勒姆到现在也不确定该如何解读。

"啊。"威尔森边说边抽出手，"当然记得。"

"我知道你很忙。"威勒姆说，"但后面你有没有时间过来？我们叙叙旧？"

"唉，这个嘛，"威尔森说，"我时间有限……我不觉得……"

"我有问题问你。"威勒姆说，他不理会威尔森想说什么，"我们过去玩的那个游戏叫什么？"

尽管从威尔森的表情中他看出对方知道自己在说什么,但威尔森还是在其他人面前假装不知道。

威勒姆伸手从兜里掏出一张纸条,他用铅笔在上面写下了自己的地址。他把纸条塞进威尔森手里。"我确定你有惩罚时间表。"他微笑着说,"如果有时间,那就过来。就算不是这次,下次也可以。"随后,他假装神情冷淡地离开了。

几分钟后,他回到了自己家。他手忙脚乱地收拾打扫,确保走廊上的灯亮着,又准备好冷饮,还在咖啡桌上摆了一碗坚果和一叠可以轻松取用的纸巾。他不知道威尔森因为什么会来,到底是因为他想来,还是因为他很好奇,或是因为他记得惩罚的感觉,甚至是因为羞愧,或者担心他把威尔森切掉他小指的事情告诉别人。但不管怎么说,他很肯定,威尔森一定会来。

他真的来了。他来得很晚,而且是独自一人。他在门口站了一会儿,最后终于在威勒姆的劝说下走了进去。

起初,威勒姆并没有催促他,两人只是闲聊,但很快他就意识到,两人几乎没有共同点,社交圈基本没有重叠。两个人的住处相距二百码,可他们就像生活在不同世界一样。所以在分享完仅有的八卦消息后,他们沉默了。

有那么一段时间,威勒姆只是让沉默继续,看着威尔森坐立不安。过了一会儿他意识到,威尔森不确定自己为什么来这里。如果威勒姆不小心,也许他会想办法离开。

"稍微刺激一下吧。"威勒姆心想,"稍微一下。"

"你还记得那个游戏……"他开口了。

"惩罚。"威尔森说,"我们称之为惩罚。但那是很久以前的事了。"他说,"我们只是孩子。"

"你还记得我们在其中做的一些事吗?"威勒姆问,"我的意思是,除了我的手指。"

有那么一会儿,威尔森没有回答。"我不知道想不想谈这件事。"他慢慢地说,尽量不去看威勒姆的手。

"拜托。"威勒姆说,"这是我们的共同点。那已经过去很久了,还能有什么伤害呢?"

可伤害是实实在在的,而且是大量伤害,威勒姆自己显然知道。威尔森很快也会明白。和威尔森不同,威勒姆不满足一根手指。不,一根手指,威勒姆才刚刚开始。

威尔森一点儿也不愿意进行惩罚。可到了最后,他终究还是做了。很长时间过后,才有威勒姆以外的人知道他发生了什么。

瘫倒的马

我很确定,我全家没有一个人活下来。我确定他们烧起来了,脸都被烧黑起疱,就像我一样。可他们没有康复,而是死了。你不是他们之一,你不可能是,如果是,你也死了。你为什么选择假装是他们之一,你希望从中得到什么:这才是我感兴趣的地方。

现在,轮到你听我说话了,听我的证据,尽管我知道你不会被说服。想象一下:走在乡下的一天,你遇到了一个小围场。侧着躺在地上,躺在尘土中,不自然地保持静止状态的是四匹马。四匹马都是侧躺着,没有一匹站起来。它们没有呼吸,至少在你看来,它们一动不动。从表面上看,它们死了。可在小围场的一边,不到二十码远的地方,一个男人在给它们的饲料槽灌水。那些马还活着,只是装死骗人吗?是那个男人没有转身,还没看到马已经死了?还是说看到的景象太过惊人,他不知道该怎么办,只能当作什么都没发生继续做事?

如果你转身匆匆行走,在任何确定性事件发生前离开,对你来说,那些马变成了什么?它们保持着既活又死的状态,这让它们不能算活着,也算不上死了。

反过来,脑子里想着这些矛盾信息的你又会怎么样?

我不觉得自己特别,我觉得自己就是个普通人。我在自己从小长大的城镇里的一所三流大学读完了学位，靠着排在班级中游的成绩安安稳稳地毕了业。我在同一个城镇里找到了一份还算说得过去的工作。我遇到了一个女人，和她结了婚，又生了孩子——三个还是四个孩子，具体数字有争议——然后我们两人慢慢地、温柔地不再相爱。

随后，我在工作中发生了事故，一次所谓的可怕事故。事故导致我头骨骨折，还让我在很短一段时间里思维混乱。我在一个陌生的地方醒来，发现自己被绑住了。在我看来——后面我也会承认——有那么一段时间，至少几个小时，也许是几天，我根本不在医院，而是在精神病院。

可我妻子，忠诚且时刻在我身边的妻子，她慢慢说服我，让我对自己的情况有了另一种理解。她坚称，我的四肢被束缚，只是因为我精神错乱了。既然现在我的精神不再错乱，束缚带就可以松开一些了。虽然还不能完全解开，但也指日可待。没什么可担心的。我只需要平静下来。很快，一切就能恢复正常。

某种程度上，我猜一切确实恢复了正常。或者说，至少在努力恢复正常。那次事故之后，我从雇主那里拿到了一小笔赔偿金，随后就被送到了牧场。情况就是这样。我自己、我妻子和我的孩子们在一个闷热初夏，一起挤进了一座房子，无处可去。

每天早上睡醒时，我总会发现房子和前一天有些不一样。一扇门出现在错误的地方，一扇窗户比我前一晚睡觉前长了几英寸，我确定一个电灯开关被向右移动了半英寸。总是一件小事，再小不过了，却足以引起我的注意。

最开始时，我试着把这些变化说给妻子听。最初她显得很困惑，可随后，她的回答会变得躲躲闪闪。在一段时间里，一部分的我觉得她该负责：也许她开发出了某种高超的技术，可以快速改变、调整房屋。但另一部分的我又确信，或者说近乎确信，前面的想法是不可能的。久而久之，妻子的闪烁其词带上了确定无疑的谨慎色彩，甚至散发出恐惧。这让我相信，她不仅没有改变房屋，而且她的想法每天都在随变化的世界做出调整，并且认定世界没有变化。她就是看不到我看到的不同。

这就像她看不到有时我们有三个孩子，有时我们有四个孩子一样。不，她永远只能看到三个。或者说，也许是四个。说实话，我也不记得她能看到几个孩子。但重点是，只要我们在房子里，孩子的数量有时是三个，有时是四个。但这种情况也跟房子本身的特质有关。除非走遍每个房间，否则我也不知道究竟有几个孩子。有些时候，位于门厅尽头的房间很窄，里面放着一张床，但这个房间其他时候在晚上又会变大，里面放着两张床。每天早上睡醒后，我都会数一遍床的数量，有时候是三，有时候是四。我会以此为基础推断自己到底有几个孩子，而且我发现，想数明白孩子的人数，这个方法更可靠。在数清楚床的数量前，我根本不知道自己是个怎样的父亲。

我不能和妻子讨论这个问题。我想向她展示证据，她却觉得我在开玩笑。可没过多久，她就认定这是我精神状态有问题的表现，因此坚持让我接受治疗——受她强迫，我照做了。只不过没有一点儿作用。治疗只在一件事上说服了我，那就是有些话甚至不能对配偶说，有些话他们只是没有做好听的准备——也许永远也做不好这个准备。

我的孩子也一样，他们没做好听那些话的准备。有那么少数几次，我想要履行做父亲的职责，想对他们说出沉重的现实，但他们要么其中一个人不存在，要么其中一个人存在了两次，所以我的话无从说起。甚至可以说，比无从说起还惨：他们感到困惑，脸上都是眼泪，还很惊恐。等到他们把我做的事汇报给妻子后，她又威胁我去接受更多的治疗。

那么，这个局面的真相到底是什么？为什么我是唯一能看出房子有变化的人？我究竟要负起什么责任，帮助家人去看到并理解？如果他们不想得到帮助，我又该怎么帮他们？

作为一个敏感的人，我忍不住地想知道自己的经历到底和现实有没有关系。也许我真的有点问题。我试图去相信，也许那次事故真的改变了我。我尽了自己的最大努力，或者说接近最大努力，试图从他们的角度去看待一切。我试图无视每天早上一睁眼就看到的现实，试图无视房子和前一晚不太一样，就像有人在我们睡觉时把我们转移到了一间相似但又不完全一样的房子里。也许他们就是这么做了。我试着去相信自己有三个，而不是四个孩子。当这个数字与情况不符时，我试着去相信自己有四个，而不是三个孩子。当这也不对时，我试着让自己相信孩子数量和床的数量没有关系，试着无视门厅尽头的那个房间总是像肺一样不断膨胀、塌陷。可怎么做似乎都没用。我就是没法相信。

也许，如果我们搬家，情况就会不一样。也许，那栋房子活过来了。或者闹鬼了。或者就是有问题。可当我向妻子提出搬家的想法时，她总是发出一声奇怪的大笑，然后列举出各种理由证明那是个坏主意。我们没钱，而且我出了事故、刚丢掉工作，所以看不到赚钱的希望。我们不久前刚刚买下房子，现在卖掉会出现重大损失。我们就是搬不起家。除此之外，这栋房子有什么问题？这是一栋完美的房子。

我能怎么跟她争？从她的角度看，她肯定是对的，我们根本没理由离开。对她来说，这栋房子一点儿问题也没有——怎么可能有问题？房子自己不会变，她愤怒地说：理智不允许出现这种事。

但对我来说，这正是问题所在。这栋房子，因为理智无法理解的原因，表现得并不像一栋房子。

我花了几天时间考虑，思考到底该怎么做。为了逃离这栋房子，我独自一人在乡下游荡。如果走得距离够长，回家时我就能精疲力尽倒头就睡，不用在晚上的大部分时间里醒着，试图抓住房子的某个部分发生变化的瞬间。在很长一段时间里，我以为这么做就够了。如果我尽可能少地停留在房子里，只在精疲力尽时回来，我就可以阻止自己去思考这栋房子多不正常。我就能迷迷糊糊地睡醒，不再关心房子的哪个地方和前一晚有什么不同。

这种状态可能持续了很长时间——甚至是永远，或者等同于永远。可我在游荡时撞上了，或者说被引向了什么。那是一个小围场。我看到马躺在尘土中，看上去死了一样。它们不可能死了，对不对？我看过去，想知道它们是否在喘气，但我发现自己看不出来。我真的看不出来它们是活着还是死了，到现在我也说不清楚。我注意到小围场远端有一个男人正在向它们的饲料槽里灌水，他背对着它们。我想知道他是否看到了身后的马，如果没看到，等他转身时，他会不会像我一样不安。他会走近那些马、确定马已经死了，还是说接近的动作会惊动那些马，让它们重新活过来？或者，他已经看到马死了，只是还不能接受现实？

那一刻，我在等待。可那时，在那一瞬间，确定马已经死了这个想法，比不知道它们究竟是死是活还让我恐惧。所以我匆匆离开，没能意识到就这样躲避一个可能让我感到不舒服的时刻，导致马在我的脑子永远呈现为算不上死了，但又近乎活着的状态。那样离开，我继承了饲料槽边那个男人的状态，只是我永远无法转身，永远不能知道真相。

在那之后的几天里，那个场景一直萦绕在我的脑海。我翻来覆去地看，仔仔细细地看，从每一个角度凝视，试图找出自己错过了什么，我想知道有没有一条线索能说服自己，在马是死是活之间做出选择。我想知道，有没有线索证明饲料槽边的男人比我知道得更多。但我没有找到。这个问题让人保持着完美的未知状态。我忍不住问自己，如果回到那个地方，会有什么变化吗？那些马会一直躺在那里直到现在吗？如果一直躺着，它们的身体会不会开始腐败，证明它们已经死了？还是说，它们和我上次见到时一模一样，那个男人也还在给饲料槽灌水？这真是一个让人害怕的想法。

由于我是无意间遇到的小围场，所以我不知道它的具体位置。每一次出门游荡，离开房子后迈出的每一步，我都冒着再次与这个小围场相遇的风险。我走路的速度越来越慢，还经常停下来，仔细观察周围，躲开任何有一丁点儿可能隐藏小围场的区域。可过了一段时间后，我认定这样做也不够保险了，所以我发现自己很难离开房子。

可房子还是在不断改变，我也没法继续留在里面。我逐渐意识到，我有一个简单的选择：我要么下定决心回去找那些马，要么必须直面这栋房子。

不是马就是房，不是房就是马——可这到底算什么选择？这两个单词拼写基本没什么区别，发音也几乎相同[①]，差别只在于其中一个字母在字母表里的排序。我感觉，通过走出家门、躲避房子的方式去找到那些马，实际上我只会再次找到房子。那些瘫在地上的马之所以在那个地方，肯定就是为了给我一个教训，它

[①] 在英文中，房子是 house，马是 horse，两者发音几乎相同。——译者注（本书注释均为译者注。）

们就是要让我明白和它们近乎同音的那个东西——也就是那栋房子——的一个道理。

那个灾难性的场景，马瘫倒在地上，让我饱受折磨。这是在告诉我什么。但我不确定自己是否愿意听到。

最初，我有点儿抗拒这个想法。我对自己说，不行，这也太极端了，会威胁生命。威胁我妻子和至少三个孩子的生命。风险太大了。

可我能做什么？我的脑海里反复出现瘫倒的马，我又在没完没了地想它们的情况。它们是活着还是死了？我总是想象自己站在饲料槽边，身体像瘫痪了一样没法动弹，不能转身去看，我好像永远停滞在这种状态里。在我最不好的时候，似乎不只是我陷入这种状态，而是整个世界都陷入这种状态，好像所有人都在即将转身的边缘，马上就要发现身后的死亡。在那之后，我滑落回那栋房子——就像那些马始终处于悬而未决的状态一样：我知道房子在变，知道正在发生一些奇怪的事，我至少能确定这些，但我不知道这些变化有什么意义和作用，我也没法让其他人看到房子的变化。在房子的问题上，我试图说服自己，我能看到其他人看不到的东西，可世界上的其他人就像给饲料槽灌水的男人一样，不能看到倒在地上的马。

脑子里这样想，自然让我不会再去想房子，而是想到那些马。我告诉自己，我应该扔一块石头。我应该弯腰，扒拉地上的泥土，直到手指抓住一块石头，再把石头扔向其中一匹马，要么听到石头砸中死肉时"咚"的声音，要么感受石头砸中活马后带来的震动、听到马恼怒的嘶鸣。你只能让自己在"不知道"这种状态中停留最短的时间。不，即便你要面对的是很可怕的情况，即便是一群莫名其妙死在一起的马，甚至是莫名其妙死了一家人，你也必须面对。

于是，我把注意力从房子上移开，转而回去寻找那个小围场，让自己为可能发现的一切做好心理准备。我准备好了，手里拿着石头。我会发现那些马的真相，我会接受，不管这个真相究竟是什么。

或者说，我至少做好了准备。可不管我多努力，不管我走了多长时间，我就是找不到那个小围场。我走了好几英里，甚至走了好几天。我走过每一条路，不管是认识的还是不认识的，可就是找不到那个它。

我出了什么问题吗？那个小围场真的存在吗？我想知道。

那只是我的大脑制造出来的，用来对付房子的念头吗？

房，马——马，房：这俩几乎是一个词。不管怎么说，在这件事上，这两个是一个词。我对自己说，我还会扔石头，但我没有把所谓的石头扔向马，而是扔向了房子。

可我还在犹豫，在思考，在计划。夜复一夜，我坐在那里想象烟雾包围自己，想象火焰腾起的样子。在我的大脑里，我看着自己耐心、平静地等待着，等到火焰升到合适的高度，然后我喊出家人的名字，叫醒他们，催促他们离开房子。在我的大脑里，我们从窗户垂下床单，摇摆着敏捷地来到安全地带。每一次，我们都安全逃离。我在脑中看过太多次逃离的过程，每一次都一模一样，我意识到自己只需要最低限度的努力，就能把这一切从想象变为现实。这样，房子就会没了，不会再伤害我，我自己和家人也能安全。

自从那次事故之后，我和那些想治疗我的人已经发生过足够多不愉快的互动，我知道需要保护自己。我得让这场火看起来像是意外。出于这个目的,我开始抽烟。

我谨慎地计划着。我抽了几周的烟,时间刚刚好到妻子和孩子熟悉了我的习惯。他们不在乎,但也没有阻止我。那次事故之后,他们都对我有点儿顾忌,我做什么事他们都很少阻止。

看起来作为对妻子的让步,我同意不在卧室抽烟。我同意只在房子外面抽。按照这个条件,如果外面太冷,我可以在楼下打开的窗边抽烟。

在我开始抽烟的第三周或第四周里,我的妻子和孩子在睡梦中,外面确实很冷——事后被人问到时,我觉得自己至少可以这么争辩。于是,我打开沙发旁边的窗户,准备复制脑海中的那个场景。我告诉自己,手臂下垂,让烟头接触沙发面料。接下来,我要先让沙发、再让窗帘冒烟、着火。在过去的幻想中,我会等到这一时刻,然后想象自己站起来,叫醒妻子和孩子。在我的幻想中,这些就是我要做的事。很快,家人和我就能获得安全,房子会被毁掉。

我心想,做完这事,说不定我又能找到那个小围场,这一次,马会站在那里,很明显还活着。

然而,沙发表面没有燃起明火,只是无烟闷燃,还发出了难闻的味道。很快,烟头因为按得太深而熄灭了。我发现了这个情况,于是又点燃了一根烟,得到了一模一样的结果后,我放弃了沙发和烟。

我找到火柴,用它们点燃了窗帘。事实证明,这些东西燃烧速度快多了,火焰一下蹿了上去,点燃了我的头发和旁边的衣服。当我终于拍灭了身上的火焰时,整个房间已经烧了起来。但我还在继续自己的计划。我想叫醒妻子和孩子,可当我深呼吸时,我的肺部却被烟雾填满。我窒息了,然后昏倒了。

我不知道自己是怎么活过了那场大火。也许是妻子把我拖了出去，她在回去找孩子时死在了那里。我醒来时就在这里了，不知道自己怎么出现在这个地方。我的脸和身体被严重烧伤，疼痛难忍。我问了家人的情况，但护士回避了我的问题，她示意我不要说话，只是说我应该睡觉。我就是这样知道家人死亡的消息，他们在大火中失去了生命，而那个护士不知道怎么对我说。唯一的慰藉就是，作为所有问题根源的那栋房子，也烧得一干二净。

一段时间里，我一个人住在病房，被注射了麻药。这段时间有多久，我也不知道。也许是几天，也许是几周。不管怎么样，时间长到足以让我被烧伤的地方蜕皮、愈合，长到让我必须接受的植皮手术起效、让我的头发全部长了回来。医生想必在我身上下了很大功夫，我必须承认，除非一点一点抠细节，否则我和大火前看起来一模一样。

所以，你看，我心里知道真相，想说服我并不容易。你给我讲这些故事毫无意义，继续假装我的房子还在那里，从来没有被火烧过，这也毫无意义。你假装成我的妻子，声称没有发生火灾，你说发现我躺在客厅的地板上，眼睛盯着空中，看起来毫发无伤，这没有任何意义。

不，我已经接受了自己是悲剧受害者的现实，一场由我亲自设计的悲剧。我知道家人已经没了，但我不理解你为什么想说服我你是我的妻子，我不知道你想得到什么，但我早晚有一天会知道。你会说漏嘴，游戏自然就会结束。往坏处想，你为了从我这里得到什么而故意欺骗我。但你想得到什么呢？往好处想，有人觉得这么做能让我少受打击，如果我认为家人没死，或者就算是差不多死了又不算活着的状态，也许我就不会陷入绝望。

相信我，不管你希望我好还是希望我不好，我都希望你能成功。我希望被说服，我真的希望。我想睁开双眼，看到家人围在身边，平安无恙。我甚至愿意忍受房子还在的现实，忍受房子和我还有未了断的事，忍受某个地方的那些马依旧瘫在地上，等待或生或死的命运，我愿意忍受我们某种程度上仍旧保持着饲料槽边那个背对着马的男人的状态。我知道自己从中可能得到什么，可你，我还是不能理解。

你放马过来吧：破坏我坚定的信念，试图愚弄我，想让我相信你。你想让我相信，我的身后没有死亡。如果你能做到，我想我们都会认同，一切皆有可能。

三次折辱

I

手术期间,他们从他头上剥离了耳朵,切断神经后看到了蔓延到他下巴和脖子一侧的肿瘤。随后,那只耳朵又被重新缝了回去。"不得不牺牲神经。"医生告诉醒来后晕头转向、倍感恶心的他。现在还有什么挽救办法吗?

"牺牲神经"显然意味着大部分耳朵与身体之间的联系消失了。那里还剩下些什么——侧向那一边睡觉时,他能从死去的耳朵压迫头骨中感受到——可不管那里还有什么,他都觉得不对劲。他的耳朵周围还有感觉,也能用手指摸出来耳朵的形状,可他有一种非常真实的感觉,那个耳朵不再是他的一部分了。

被切断的神经一阵阵抽搐跳动。有时在自己的脑袋里,他几乎能再次感觉到那个耳朵,可那已经不再是耳朵了。他能感觉到它试图连接神经。短暂连接上时,他感觉到它像扇叶一样展开,突然间又像拳头一样握紧。那不再是他的耳朵,也不再是耳朵,而是自成一种生物,一个独立的动物——只是被缝在他头的一侧,却不属于他身体的一部分,不,完全不属于。

II

其实早有预兆。在他接受手术前,他们就把他送进了一个装有用塑料和金属做出的大型医疗圆环的房间,还把他塞了进去——不过不是他全身,只是他的头和脖子。一个男护士,他可能是克罗地亚人或塞尔维亚人——如果他不是阿尔巴尼亚人的话——直截了当地告诉他,他们会给他注射造影剂,现实中存在一定概率,尽管很小,但造影剂可能杀死他。"请在这里签名。"

他签了名。他耐心等待,看着那个护士试图将静脉注射针头扎进他的胳膊,失败后继续尝试,再次失败后叫来另一个护士,这一次虽然痛苦,但针头被成功扎进了另一个胳膊。他躺在那里,身下的板子猛地滑进圆环,圆环里的一个装置开始呼呼旋转。然后,旋转停住了。"这就完了?"他心想,心里松了一口气。

可这并不是全部。事实证明,这只是测试。

当他再一次滑进圆环深处,被注射了所谓造影剂后,他突然产生一种强烈且无法忍受的恐慌感。这种感觉持续的时间不长,只有几秒钟,可当恐慌结束时,他觉得自己不再是同一个人了。或者说,他根本不是一个人了。

III

几个月后,就在他开始忘记这件事时,就在他即将忘记恐慌、他的耳朵尽管仍然麻木但重新感觉属于他时,其他问题出现了。

他花了一段时间才注意到,可在那之后,情况发展得极快。短短几分钟,他就发现自己躺在了桌子上。他穿着一件纸制长袍,下面剪开一个洞以便阴茎露出,一个无比迷人的护士将一注射器的普鲁卡因麻醉剂从尿道口注射进去，然后用夹子从中夹住了他的阴茎。

随后，脸上带着礼貌的微笑，她走了，留下他一个人。

五分钟，也可能是十分钟，房间里只有他一个人，他忍着不低头看自己被夹住，而且没有血色的阴茎；他的一部分阴茎没有知觉，其他部分却有刺痛。五分钟或十分钟，也许是二十分钟。可不管时间到底多长，他总是感觉更漫长。

这段时间持续得太久，所以当医生终于出现时，他松了一口气。但也只是短暂地松了一口气。当他看到医生拿着的伸缩镜设备，同时听到医生准备把这东西强插进他的尿道，直至进入膀胱时，他全身上下都充斥着类似恐慌的感觉。

"这会有点儿疼。"医生说。那个迷人的护士不知怎么又站在他身边。她微笑着，握着他的手腕。可当她握住另一个手腕时他才明白，她不是想安抚她，而是想摁住他。

"也有可能很疼。"医生承认道，他松开阴茎上的夹子，用手紧紧握住。

事后证明，医生没有说谎。确实很疼，也有可能比很疼还疼。结束后，当他躺在那里颤抖时，他想问自己的一个问题：假如没剩下什么值得挽救的东西该怎么办？

关于这个问题，不管是他还是取代他的人，目前都不知道答案。

邪　教

I

　　从一开始便糟糕透顶。他知道这会是场灾难,从一开始就知道,也许从第一个瞬间开始他就知道,不管她怎么说,他们两人绝不是命中注定在一起,他应该尽快离开她,再快一些。可不知道为什么,他没有这样做。他总觉得自己有些惰性,但这事的原因并不止于此。可到底是什么,他也不知道。

　　过了几周,他不仅知道他们不是命中注定在一起,而且明白自己根本不喜欢她,可那时,她已经搬进来和他一起住了。接下来的几个月,如果他对自己诚实,那么这段感情就像是被洗脑——如果你在痛苦地知道正在发生什么的同时还可以被洗脑的话。这就好比他眼看着其他人遭受一个又一个羞辱,但又无能为力,无法阻止。可问题在于,这个其他人并非其他人,而是他自己。

　　不,从一开始他们就不该在一起。甚至在那时他就明白,可他什么也做不了,无法阻止这一切。假如她没有捅他,两人大概还在一起。就连捅伤他,也只是勉强推动他结束了这段感情。就算躺在地板上,就算捂着身体的一侧,等着她打电话叫救护车,他也已经开始原谅她了,他开始考虑,如果认真去想,她捅了他,某种程度上也是他的错。而且她也不是真想伤害他——如果她真想伤害他,她本可以使用切肉刀。不,她只用了一把小刀,那把刀还没有牛排刀长，他甚至不知道那是什么刀。如果那把刀比她想象的更锋利，那也不应该指责她吧？

当然，她什么也没跟他说——这都是他自己想出来的，甚至在第一次昏过去前，他还跟她讲了一些。不，他的朋友就算没用几周，但也花了几天时间，才慢慢说服他，即便她没有明说，她也会让他变成替她说出那些话的那种人。她已经进入他的大脑，改变了他的思维方式。他甚至在恢复清醒、发现她不在身边时，心里想的不是"她抛弃我了"，也不是"她跑了，她害怕因为捅我被抓"。不是的，他的想法正好相反，"她一定是找人帮忙去了"。他又昏过去两次，之后才用尽力气爬过地板，抓住咖啡桌上的电话，拨了911报警。甚至在打电话时他也告诉自己，他不是因为觉得她没有打电话，只是因为她和他都打电话，救护车才更有可能出现。

他们花了好几周时间，但终于说服了他。她没打过报警电话。她捅完他后就跑了，她可能觉得自己杀了他。即便在那个时候，如果没发现她还想到收拾、带走了属于她的几样东西，他也有可能不会被说服。如果只是单纯逃跑，也许他还能原谅，可带着她的所有衣物逃跑，那就是另一回事了。

就算在那时，如果她打来电话，如果她的声音再次启动他认为她安装在自己脑子里、让他不受自己控制的装置，也许他真会原谅她。可他的朋友们，他真正的朋友们，那些看护他直至恢复健康的朋友，那些在他的胃部感染细菌、差点死去时日复一日守在医院的朋友，藏起了他的手机。如果她打过电话，他们删掉了她的来电记录，当他问起她时，他们叫他少操心。他们用严厉的方式爱他，可若是想爬出感情这个低谷，他需要朋友们这样做。把手机还给他后，她打来电话的几次他们都在场，他们从他手里抢过手机，对她说他不想说话，说她不该再打电话，说她永远不该再打电话，还说如果她再打电话，他就会报警。很快，就算他们在场，他也能主动不接电话，主动删除信息。

一段时间后，她不再打来电话。他感觉大松一口气。偶尔有时候，而且间隔时间越来越长，他也想知道她究竟发生了什么。但很快——甚至在几个月前，他都不觉得能够做到——他不再想起她了。

II

正在开车时，他的手机响了，但号码上方并没有显示名字。"陌生号码。"那不是他的本地区号，但来自附近区域，可能是费城，除非他搞错了而那是俄亥俄的号码。他觉得大概是电话销售，所以没接电话。手机一直在响，直到转成语音邮件，可没人留下信息。所以说，就是电话销售。也有可能是选举民意调查员，要么是机器人电话。他把手机扔到副驾驶位置，自己继续开车。

几分钟后，手机又响了，而且靠着座椅振动。他只是继续开车，斜眼看着手机屏幕，直到振动停止。这次也没人留下信息。

当同一个号码第三次打来电话时，他考虑关掉手机，可他的手已经伸过去，把手机拿到了自己耳边。

"你好。"他说，"我觉得你打错了。"

可是不，她没有打错：她很明白自己在给谁打电话。他根本没想到会是她，可电话那头就是她。

她解释说，自己是从一家便利店打来的电话。天啊，她说，她太想他了。她不敢相信自己终于打通了电话，听到他的声音感觉太棒了！是他们一直不让他和她联系吗？她真的需要他。

他能听到心脏咚咚地跳。他一个字也没能说出来。

"我加入了一个邪教。"她对他说,"我就是加入进去了。"

"你说什么?"他说。他的嘴很干,这句话听起来有些奇怪。

"当然,那时候我不觉得那是邪教,但现在我看明白了。他们把我踢出去了。"她大笑,"谁会被邪教赶出门?"她说,"我猜,是我吧。我总是……"

"你肯定打错了。"他再次尝试。

"打错了?"她说,她的声音变得强硬起来,"我认得你的声音。是我,星星。"

"星星?"他说,他是真的困惑了。

"哦,抱歉。"她说,"这是我取的名字,你会习惯的。我不会再用塔米了,我一直很讨厌那个名字。塔玛拉就更糟糕了。他们可以把我从邪教赶出去,但他们拿不走我的新名字。"

她不再说话。他什么也没说,只是咽了下口水。他的手机紧紧贴着耳朵。

"喂?"她说,"喂?你没挂电话吧?"

他挂断了电话。

后来,当最糟糕的事情发生过后,他对自己说,如果他不是孤身一人,如果他没在开车,他本该没事。或者说,即便他在开车,假如他没有开上收费公路,没有遇到出口或者可以停车的地方,他原本也可以没事。可如果诚实一些,他也不知道上面那些想法是不是真的,但是这样想确实能让他心情好一些。

不到三十秒,她又打来电话。他没有接。接着,她又打了过来,一遍一遍又一遍。"我该摇下窗户,把手机扔出去。"他心想。可那是个新手机,还在运营商的合约期内,他没有勇气这么做。在八分钟时间里,她一共打了十五次电话,每当电话铃声响起,他都会觉得自己越发脆弱。

四五分钟过后,他知道自己肯定会接电话,可他还是想抗拒这个冲动,希望她能放弃,不再打来电话。如果她放弃,他就还能被拯救。

可她没有,她很执着。电话铃声一直响,他试着构思自己该对她说什么。他会说,他不再是她的朋友了,他不想跟她说话。他会让她有点人类的体面,别再打电话了。他会提醒她,她是怎么捅伤他的——不仅捅伤了他,而且在捅伤他后逃跑,留他一人等死。她怎么觉得他还会跟她说话?她有什么毛病?

可当他终于接起电话时,他却没有勇气说出这些话。事实上,他最初什么也没说。

而她说的是:"发生什么了?你手机没电了吗?手机就是不可靠。你用的哪个电话公司?用的还是我们在一起时的那家吗?那时候我就想让你换一家,你还记得吗?我打赌你一直没这么做。"

"塔米……"他开始说话了。

"星星。"她说,"这个塔米是谁?这里没有塔米。我叫星星,我的名字是星星。"

"问题是……"

"我跟你说过我加入邪教了?"她的声音变得非常强硬,"他们称之为'光之子'。你觉得我是怎么沦落到那里的?那是谁的错?"

"是你的错。"他脑袋里一个细微的声音说,这个声音,他以为在很久以前就被扼杀了。"是你把她推向那里的。"他告诉自己,至少这个声音还在说"你"。当这个声音开始说"我"时,那他才是真有麻烦了。

她等着他做出回答,当他没有回答时,她换了一种更温柔的声音说:"我需要一个人来接我。"

"去接你。"他冷淡地说。

"我需要你来。"她说,"我需要你。"

"不。"他说,无视了大脑里那个反对声音,"绝对不行。"

"我没别人了。"她说,"我只有你。"

"你没有我。"他说。

"听着。"她说,"我和你一样,也不喜欢这样,但我不知道还能找谁。如果你不为我做这事,我永远不会再找你做任何事。"

"永远不?"他问道,但从她回答"是的"的迅速程度,他明白她只是在说谎。

"不。"他说,"对不起,我不能这么做。"

"谢谢。"她无视他的回答。很快,她就说出了一个地址,那是在宾夕法尼亚州界不远的便利店。"我就指望你了。"她说。然后,还没等他说话,她就挂断了电话。

Ⅲ

他试着回拨那个付费电话,但没人接电话。"太典型了。"他心想,"是她能做出来的。"他试着不去,他真的试了,但为时已晚,木已成舟。一部分的他,可以肯定是无穷小的一部分,认为那个电话可能有信号问题,认为她真的在等他。他的其余部分知道,这种想法太荒谬了,可那种疑虑,不管有多小,却也不是他轻松就能摆平的。

他一直在想她,想她孤身一人等在便利店,夜幕降临,无处可去。她人很差劲,这点他很明白——她捅了他,不顾他死活——可如果他不去,这不等于说他也是个坏人吗?

他不是坏人,他明白这一点。而且他可以证明。他可以过去接她,开车送她去什么地方,就算尽到义务了。他告诉自己,到那个时候,他再也不会和她见面了。

他从下一个出口离开收费公路，向相反方向开去。

他用了四个小时，时间过去越多，他越发觉得艰难。开得越远，他越觉得心思不再属于自己，仿佛他再次成为把自己赶出自己身体的人，仿佛她、塔米，或者说现在的她、星星，再一次成为主导。

开车过程中，他翻来覆去地想自己可能对她说什么，她可能做出什么回答，想两人会进行怎样曲折的对话，想最终会有怎样的结局。可不管他怎么想，不管他让自己拥有多少好运，也不管他多努力地认清她的真面目以及她对他的掌控，无论如何他都看不到自己有什么好结果。往好了说，往最好了说，他会见到她，这会让他崩溃。即便她真的只是再提一个要求，在那之后她愿意放手、放他离开，即便这样，即便用不了几个月，他也需要几周时间才能复原。

可这只是最好的情况。他很有可能和她重新恋爱，受上几个月，甚至几年折磨，直到她再次捅伤他，这一次很有可能杀死他。

他试着不去想这些事，可他怎么忍得住？他把音响开到最大，甚至跟着唱了几英里，试图清理那些想法，可所有歌讲的都是修补破碎的感情。这些歌为他错误的潜意识输送了弹药。

当他在快到布法罗的服务区停车加油时，他下车舒展自己的身体。他去了趟卫生间，又在餐饮区坐了一会儿。心血来潮之下，他用手机搜索了"光之子"。没人把他们列为邪教分子，不过他们在宾夕法尼亚边界处有一个集体农场。看起来这是一群无关宗教信仰的嬉皮士，经营着一个农场和一家手工商品店。算不上邪教分子，最多是理想主义无政府主义者。除非必要，否则他们不是那种会随意赶人走的组织。可作为了解塔米，或者说星星的人，他们大概不得不赶走她。

他又试着打了她打来电话的那个号码，可还是没有人接。他回到车上，继续开车。

赶到便利店时，天已经黑了。这家便利店位于双车道州级高速公路的一角，一条长路将农舍分开，这个地区差不多每隔一英里就能看到这样的景象。除了农田，这里没什么好看的。便利店所在地只有屋顶上的一盏光线微弱的泛光灯提供照明。

她就坐在付费电话下方的马路牙子上，手臂抱着膝盖，后背靠着建筑物墙壁，眼睛直直盯着前方。她身边放着一个破旧的纸袋，上面露出了里面装着的衣服。当他停车时，她用一只手捂住脸，挡住灯光。他心想，她看起来人畜无害。欺骗性地人畜无害。

看着她，他突然想起两人第一次接吻时她的手在他身体周围奇怪游走的样子，她的手指轻轻触碰他的衣服，好像在触摸又好像没触摸，仿佛她在他周围制作一个只比他身体大一点儿的笼子一样。

他把车停在停车场，关掉了车灯。他等着，可她没有动。"也许她死了。"他满怀希望地想。

可她没有死。时不时地，她会动一下。也许她睡着了？但并非如此，他能看到她眼睛闪烁的光；她睁着眼睛。

"她想让我过去找她。"他心想。他开始隐隐作怒。他告诉自己，他就应该等；他不是她的奴隶。

可过了一会儿，他忍不住伸手打开了车门。他看着自己的身体离开汽车，向她走去。

叫她名字时，她没有回应。等到肩上感受到他的手掌，她才立刻站起来，抓住他的手臂。

"我知道你会来。"他想用呼吸声重来形容她说话的声音。他不知道她是真的喘不上气还是假装的。"我在等你，你来了。归根结底,你还爱我。"

"我会送她去她想去的地方。"他对自己说,"我会送她到目的地,再也不会见她。"但事情没这么简单。他们还没有上路,目前还没有。不行,她还得回邪教,拿走自己的所有东西。

"他们不是邪教分子。"他说,"我查过了。"

"谁更懂?我还是你?"她问道。他们会返回邪教,也会拿走她的东西。她说,那地方不远,开车大概也就多开几分钟。

那可不止几分钟。可能是二十分钟,但给人的感觉更长。她一直说话,聊他,聊他们,聊他们的感情,她似乎不知道那段感情已经结束了。她就在他旁边,靠在中央控制台上,抚摸他的胳膊。他不断退缩,可她要么没注意,要么根本不在乎。既然已经和他一起在车里了,她想怎么做就怎么做。

他产生了这些年来最糟糕的感觉,说实话,比她捅伤他时还糟糕。她在说话,一直在说话。他只是尽量无视她。他们可以一起买一栋小房子,她说,当然,除非他已经有了一栋小房子,不是吗?在一个他们可以在一起的地方,与世界分离,很安全,不与其他人一起生活,只有他们两人。没有其他人,只有他们俩。

"哦,天啊,不。"他心想,可在身体里的某个地方,他的心像雄鹿一样狂跳。

他们可以生个孩子,她继续说道,他们欠世界一个孩子,但是拜托上帝,请让孩子长得像她、不像他吧。当然,他有好品质,可归根结底,他们都同意长得好看的是她。她会留在家里陪孩子和孩子的保姆,而他会养活他们,晚上照看孩子。

"说得对。"他身体里更坚决的那一小部分开始越来越强硬,"她说得有道理。"他晃了晃头,试图保持理智。

看看现在的他,她说。这件衬衫是谁选的?他是从流浪汉那偷来的吗？难道他不知道自己需要有人照顾，防止他羞辱自己吗？

幸好，他们终于到了。他下了车，朝着他认为是所谓"邪教"的主楼走去。他挥手让她回去，不，他会去拿她的东西，不，他们已经赶她出去了，她进不去，他会去做这些事，没什么麻烦的。

当他开始敲门时，她仍然通过驾驶一侧的车门喊着什么。他让自己尽量不去听她的话。门打开了，一个脸上皮肤粗糙的瘦女人出现在他的面前。

"有事吗？"那个女人说。

他做了自我介绍，局促地握了握那个女人的手。"我过来拿星星的东西。"他对她说。

"星星？"那个女人说，"你说的是塔米，对不对？"

"你们不是给她起了新名字，叫星星？"

"我们？她自己叫自己星星的，好吧？"那个女人说。

"我们这么叫了一段时间。我想说，为什么不呢？"那个女人伸了伸脖子，"她在车里吗？"

"那是她。"他说。

那个女人点点头。"她应该留在那里。进来吧。"她说，"你进来后我会锁门。"

他被领到一个中厅，穿过一个摆着五张大桌子和八摞椅子的饮食区。走过这片区域后，他又进入走廊，周围是一些房门。那个女人把他领到了建筑物的最后面，打开了左边的一扇门。

"就在这儿。"那个女人说。两个黑色垃圾袋分别放在一张小折叠床的两边。每个垃圾袋看起来只装满一半，上面的封口被系紧了。

"里面是什么？"他问。

那个女人耸耸肩。"没什么东西。"她说,"生活用品。所谓的财产。摆脱不了的沉重负担。没人需要这些东西,尤其是她。"

感到困惑的他只是点点头,然后走过去拿袋子。

"她是坏消息。但我们还是会把东西寄给她。"那个女人在他身后说道,"我们也会为她支付坐大巴的钱。你没有必要过来接她。"

"我也不想。"他说。

她瞪了他一眼。"那你为什么过来?"

他为什么过来?这好像已经是很久以前的事了,仿佛已经过去了好几天。但实际上只过了几个小时。他重新跌落至最低谷,而且爬不出来。

他重重地坐在床上。他都没意识到自己坐了下来,直到那个女人坐在他身边,问他是否还好。

"我只是。"他说,"可能,需要一点时间呼吸。"

那个女人点点头。她冷漠地看了他一会儿,然后起身离开。

IV

"我能在这里待多久?"他想知道,两侧一边一个垃圾袋。时间到底过去了多久?十分钟?十五分钟?她什么时候忍不住,过来找他?

他们难道不会阻止她过来找他吗?不管怎么说,她是被赶走的,不允许回来。大门已经关上,还上了锁。就算她想,她也进不来。

也许他可以让"光之子"庇护他。他可以跪下来,求他们从他手里拯救他自己。只要他在这里,他就是安全的。

他深吸一口气。没错，他要留在这里。他不会离开这个位置。在这里，他是安全的。他没有理由离开这里，没有理由再去见她。失去汽车只是要付出的很小代价。失去与外部世界的联系只是他要付出的很小代价，只要他能做自己，只要他再也见不到她。

没错，他应该留下，他再次告诉自己。

他再次深呼吸，然后拿起两个袋子，出门走向自我毁灭。

海边小镇

I

过去几年，霍威尔压根儿没考虑过出门度假，可皮克瓦小姐的到来改变了这个状况。实际上，她的到来改变了很多事。过去，霍威尔眼中的度假就是穿着他破旧的毛衣和卡其裤坐在卧室里，慢慢读报纸，甚至可以说鉴赏报纸，让烟灰落在该落的地方，日复一日，直到不得不回去上班。可皮克瓦小姐闯进他的生活，来到他的床边，影响他，批评他。现在他明白了，他那种做法不能算度假。

"可我应该去哪儿？"他问道。

"你的意思是我们。"皮克瓦小姐说，"我们应该去哪儿？因为你不再是一个人了。"

可霍威尔不想去任何地方。作为一个有着规律习惯的人，他对什么都缺乏好奇心。他不想学习新事物。即便他已经知道的旧事物，他也经常觉得忘掉更好。他还住在出生时的房子，他在母亲去世后继承了这栋房子。他有点理解不了皮克瓦小姐是怎么突然闯进自己的生活，短短几周时间就在所有事情上拥有这么大的话语权。

"去欧洲。"皮克瓦小姐斩钉截铁地说。

"欧洲？"他重复道，好像有点困惑。

"你有钱。你从没去过欧洲。必须是欧洲,詹姆斯。"

当她用名字称呼他时,霍威尔畏缩了——没人用名字称呼他,连他自己都只是用霍威尔自称,但他已经放弃纠正她了。皮克瓦小姐有一个她平常使用的名字,但他怀疑在自己心里,她总会是皮克瓦小姐。

所以,就是欧洲了。他有点儿意外地发现,自己并没有立刻屈服。他至少足够镇定地让她知道,如果他必须去欧洲,他想留在原地,想留在一个地方。当他告诉她,如果愿意,她可以参加那种旅游团——类似四天去六个国家那种,只要他能留在一个地方,她同意了。她告诉他,她会在旅行开始以及结束前陪他几天,让他在开始时适应,结束时帮他收拾行李,但中间只能靠他自己了。如果他不想最大限度地享受这次旅行,她也没有办法。不过她说,不要担心:她肯定会把他错过的一切讲给他听。

只是坐飞机就已经让他痛不欲生了。皮克瓦小姐几乎睡了一路,可霍威尔甚至连眼睛都没怎么眨过。在巴黎降落时,皮克瓦小姐优雅地舒展身体,稍稍打了个哈欠,露出了霍威尔向来觉得过多的牙齿,她好像多长了一排牙一样,然后,她坚决地领着霍威尔走向法国海关这个噩梦。这位先生有什么要申报的吗?不,这位先生没有。这位先生确定吗?请问这位先生能打开行李吗?海关官员翻弄他小心叠好的内衣裤,皮克瓦小姐在一边窃笑,这番场景实在让他难以忍受,当他忍不住发火时,全靠皮克瓦小姐的快速反应,以及代替他由衷地道歉,才让他免于被关在小黑屋里几个小时的命运。晚些时候,他坐上了去往连法国人都不确定该怎么发音的海边小镇的火车,当他准备睡觉时,她却说不行,看看时间,他最好在晚上前保持清醒。因此,每次打瞌睡时,她都会把他推醒。

到达海边小镇时，他因为疲劳而头晕脑涨、视线模糊。火车站外没有出租车，想办法叫出租车时，皮克瓦小姐不愿意等，所以他们只能沿着马路向小镇走去，他拎着两个行李，她翻看地图，试图搞清楚前进的方向。

"可我以为你之前来过这里。"霍威尔抱怨道。

"我来过。"皮克瓦小姐说，"跟我以前认识的那个德国绅士一起。但了解这个地方的人是他。我只是跟着他。"

"德国绅士？"他问，"我要住在你和之前的情人住过的房子？"

"我肯定跟你说过他。"她说，"那是在你我认识之前好几年的事。怎么说呢，几个月前吧。"她皱了皱眉头，在自己肚子上平展了一下地图。"而且带你去一个我之前去过，可以打包票的地方，我没法想象你能有什么不满意的。"她接着说道，好像她有一个德国情人全是为了现在照顾他一样。

他叹了口气，继续走路。

那地方位于一个有着大门的社区里，各个建筑组成了一个小三角形，里面全是房间，有些房间装有晚上可以放下来的金属百叶窗，就像一罐腊肉一样封住你。建筑物之间的院子看起来被荒废了——透过窗户看不到有人居住的痕迹，也没有人走在外面。

皮克瓦小姐找到了正确的楼，还想办法从看门人那里拿到了钥匙，尽管她不懂法语，看门人也不懂英语。他们的房间位于三楼，房间号306。小电梯太小了，他没办法带着行李箱一起上去，所以她先上楼，他一次把一个行李箱放进电梯，送到楼上的她手里。当他终于爬上楼后，他发现房间里面甚至比外面看起来还小，就像一个上了漆的木头箱子，配上了一个滑动门。他觉得自己就像住在棺材里一样。

随着电梯慢慢上升，吱吱作响，他开始感到恐慌。等到达三楼时，他已经紧张得不知所措。

"别这么夸张。"她说，"只不过是电梯。"

确实，那只不过是电梯，可他人生已经过了五十年，还从没坐过这样的电梯。为什么他现在必须坐这样的电梯？

她已经转过身去找房间。眼前的走廊又长又昏暗，两边都是房间门，一边是奇数，另一边是偶数。他们只找到305，没有306号房间。

"你确定看门人说的是306？"他问道。

可从她甩给他的表情中，让他产生了一种希望自己没问过那个问题的感觉。她当然确定——她向来确定。即便钥匙上没有数字，她仍然说自己确定。

"这里就没有。"他说。

固执的她沿着走廊走了一遍，仔细查看每扇门上的号码，那种紧迫感让霍威尔觉得，哪怕306号房突然出现他都不会意外。可是当然，那个房间没有出现。

"肯定还有另一个三楼。"她说。

"另一个三楼。"他迟钝地重复。

"当然。"她说，"坐这个电梯到不了的三楼，得坐另一个电梯才能到的三楼。"

他被差遣去询问看门人，但这次他拒绝乘坐电梯，而是选择从围绕电梯井的环形狭窄楼梯走下去。楼梯里的灯光很是昏暗，他不得不伸手摸索，可这也比坐电梯好，就算只好那么一点点。

到楼下后，他发现看门人小屋锁上了，按门铃也没人开门。他尽自己所能等了很久，然后步履艰难地上楼，把坏消息告诉皮克瓦小姐。按照他的经验，皮克瓦小姐对坏消息的反应不是很好。可来到三楼后，他只找到他们的那一堆行李，皮克瓦小姐不见了。

他紧张地在走廊里走来走去。他打开电梯门，朝里面看了看。然后，小声地，还有些犹豫地，他叫了她的名字。没人回应。也许她等烦了，坐电梯下去找他。可显然，如果真是这样，他应该听到电梯的声音，甚至在走上楼的过程中，在一楼和二楼看到她。或者说，他至少应该看到电梯井的钢缆在动。

他又去敲了看门人小屋的门，还是没人回应。他探头到这栋楼外，可外面还是和之前一样，一片荒废。

等他终于回到楼上时，她就在那里，双臂交叉，等待着。

"你去哪了？"她说，"我一直在喊你。"

"我只是……"他说，然后摘掉眼镜，揉着眼睛。他不想吵架。但他不确定自己能不能忍住。"你去哪儿了？"他尽量不让自己显得好像在指责她一样。

"我。"她挺着胸脯说，"在忙着找我们的房间。"然后，她带着他走上昏暗的楼梯，走到三楼和四楼中间的地方，就在那里，在楼梯间圆墙上，沿着一个楼梯踏板，有一个小房间。

他靠近过去，在昏暗的灯光中仔细查看。他得眯着眼睛才能看清上面的数字。

"上面写的是309。"霍威尔说。

"那错了。"皮克瓦小姐说，"肯定就是这间。你看到走廊里只到305，这里也没有别的走廊。"

"我记得你说肯定还有一个电梯。"他说，"还有一个三楼。"

"别找事，詹姆斯。"皮克瓦小姐说，"这就是正确的房间。"

可一楼和二楼间的楼梯井里没有房间，二楼和三楼间的楼梯井里也没有。为什么这里有？可能只是他累了，但他觉得这不合理。

"上面写的是309。"他坚称。

"肯定有人把6拿下来，上下颠倒放了上去，就像开玩笑一样。"

"那算什么玩笑?"他问。

她没搭理这个问题。相反,她挤开他,挤得他差点滑倒、跌下楼梯。随后,房门打开了。

"钥匙有用。"她说,"肯定就是这地方。"

可即便如此,当他把行李箱一个个拖上楼梯送进房间时,当他缩着身体、低头进屋时,当他看着皮克瓦小姐打开窗口为房间通风时,他还在想到底是不是这个地方。

II

从窗户看过去,那个院子看起来不算繁忙,但至少不像他们进来时那么荒废了。隔着一段距离,他能听到海浪的声音。他看到人们来来去去。

他睡了几个小时,醒来时头晕脑涨,搞不清当时是几点。皮克瓦小姐看起来精神焕发、非常放松,他心想,和他的状态正好相反。她出去买了一些杂物:有浅红色黏黏糊糊的橄榄,看起来很奇怪的桶装肉糜,芝士糊,可饮用的乳酪,盒装牛奶,画着德国酸菜和小香肠的罐子,可以重新做成汤或者粥的干料包。他一脸震惊地看着这些东西。

"感觉好点了吗?"她愉快地问道。

他虚弱地点点头。这时他注意到,她已经做好头发,而且在嘴唇上涂上了厚厚一层不自然的暗红色口红。"我们要出去吗?"他问。

她大笑起来。"我要出去,亲爱的。你出去没意义,尤其是现在。现在又快到晚上了。你都睡死过去了。"

"睡死过去了。"他一边想着,一边拿着一杯微热的茶,坐在窗边盯着窗外。其他房间,那些在真正三楼的房间都有阳台,可他们的房间只有窗户。在下面的一个阳台上,他看到一个男人和一个女人的背影,男人搂着女人的腰,两人的视线穿过院子和建筑物之间的空隙,一直看向远处的大海。

他追随两人的视线。他不得不承认,眼前的光影很漂亮,就像皮克瓦小姐说的那样,如果坐的角度合适,他还能看到海滩。海滩上都是人。根据男人戴着的大金链子、女人都是一头金发而且似乎上身赤裸,他猜测大部分都是东欧人或德国人。他注意到,那些男人大多什么都没穿,赤身裸体躺在沙滩上晒太阳,他们的皮肉看起来很粗糙,就像被腌过一样。

"那是个裸体海滩吗?"他问。

可在卫生间镜子前拔眉毛,轻声哼着歌的皮克瓦小姐似乎没听到他的话。他没有勇气重复一遍问题。他不想听到皮克瓦小姐指责他只知道盯着海滩的裸体。那是一种羞辱。

等他回头看阳台时,那对情侣已经不见踪影。他转动椅子,楼下的院子里有一对情侣来回走动,他们都朝着对方低下头。那是同一对情侣吗?他不知道。那个男人年龄和他差不多,那个女人的年龄和皮克瓦小姐差不多。现在一想,那两人的身形和他与皮克瓦小姐也很像,可他们站在建筑物留下的长阴影中,而且背对着他,所以他可能也脑补了不少。可当他从皮克瓦小姐甜得发腻的香水味中意识到她已经离开镜子,站在自己身后时,他把那两个人指给她看。

"很像我们,是不是?"他微笑着问道。

她俯身向前,眯着眼看,又慢慢退了回来。"我看不出哪里像。"她说。然后她亲了他额头一下。他猜那里肯定留下了深色口红印。"你能帮我把行李拿下去吗?"她问。

"你的行李?"

"我要赶一小时后的火车。"她说,"开始我的小小旅行。"

"你现在就要走了?"他开始有点恐慌了。

她双臂抱在胸前,盯着他。"这是你想要的。"她的声音清脆,但不怎么友好,"你想留在一个地方。这是我们俩同意的结果。"

可这是他们同意的结果吗?他们刚到,她就要走了。他不了解这个地方,他都不知道该怎么去镇里,可当他抱怨时,她却打开冰箱,指着里面的东西。

"你不需要去镇里。"她说,"这里有你需要的一切。"她耐心地否决了他的反对,直到十五分钟后,一辆白色汽车停在楼下的院子里按起喇叭。

"我的车来了。"她说。

"可那不是出租车。"他说,"就是某个人的车。"

她声称:"这里的出租车就是这样。"

"可是……"

"谁之前来过这里?"她问,"你还是我?"

摸不着头脑的他还是把她的行李搬下楼送进了电梯。"你没有必要下去了,我会让司机进来拿行李。"她说,"你不需要跑一趟。"

他一直待在窗边,直到夜幕降临,随后又待了一会儿。天黑后很久,他还能听到那对情侣在楼下走动的声音,能听到两人在温柔低语。只不过慢慢地,他们的低语变得越来越轻柔,最后以其中一个人的尖叫收尾。他一直在听,不知道自己是否应该下楼看看他们的情况,可外面一片安静。过了一会儿,他关上窗户后上了床。

可他睡不着。他的身体不知道时间,而且白天睡得太多,所以他只是躺在黑暗中,盯着天花板。也许他该跟皮克瓦小姐一起去。也许他该参加什么十天游十二国,稍微拓展一点儿自己的视野——不，他只是因为被一个人留在这里而紧张。他不想看十二个国家。他连一个国家都不想看，可他现在就在一个国家，自己什么也做不了。

他躺在床上纠结，翻来覆去到很晚，差不多到凌晨一两点，然后他起床，找到一本书。他想读书，可书上那些字他一个也没记住，翻了几页后，他根本不知道自己在读什么。于是他关上灯，重新回到窗边，手臂搭在窗台上。

外面升起了淡白色的月亮，尽管只剩一道残月，但还是散发出不少浅灰色光芒。如果身体探出去足够远，他能看到左下方真正的三楼离他最近的房间阳台上发出的淡白色光线。光线中有一个深色阴影，很大，但很难明确说那到底是男人还是女人的阴影。时不时地，这个阴影会动一下，或者换一个姿势。

楼下，在铺着砖石的院子里，有一个深色的形状，相当大，比一个人还大。可他很难说清那是什么，而且可以肯定那个形状一动不动。也许那什么也不是，就是光线玩的一个小把戏。可如果不是光线造成的，那又能是什么？

他留在那里盯着看，视线在院子里的形状和阳台上的形状间来回移动，直到一段时间后，快到早晨时，感受到睡意的他回到了床上。

III

等他醒来时，时间已过中午。他从冰箱里的一个罐子里倒出某种粉色的东西，他发现这东西稍微有点儿酸，但他不知道这东西就是这个味，还是他已经晕头到不知道是什么了。他把那东西放在一边，打开水龙头给自己接了一杯有股铁锈味的水。

没等他反应过来，他就回到窗边朝下看去。不管前一晚院子里有过什么，现在已经没了踪影。探身出去时，他能看到楼下的阳台，但那里什么也没有，没有酒杯，没有鞋子，没有衣服，没有一丁点儿能表明谁住在那里的证据。

今天他该做什么？他可以找到那个小镇，在里面闲逛，消耗几个小时。他也可以留在这里，待在房间里，读一读书，放松一下，盯着窗外。

他能听到一种嗡嗡声，陌生但一直在持续。起初他以为肯定是门，可声音一直存在，他才意识到那不是来自门那边，而是来自厨房，来自墙上的电话。何必去接电话呢？他心想。反正不会是找他的电话——没人知道他在这儿，至少没有重要的人知道。他可以无视。

但那声音很难无视。电话铃一直响个不停。过了一会儿，他站起来，走进厨房，站在那里盯着看。每次铃声响起时，电话都会在支架上微微振动。不，他不会接电话。而不接电话就是他能做的一切。

电话铃大概又响了三十多声，随后停了下来。他深吸一口气，又慢慢呼出来，然后回到窗边。等到他走到窗边时，电话铃声又响起来了。

"可能是皮克瓦小姐。"这次他对自己说，但不是因为他真正这么认为，更多的是因为他觉得自己无法忍受听电话铃声没完没了地响。"也许真的是找我的。"

可当他接起电话，信号却非常差，静电声很大。"喂？"他说。没听到回答后，他又补充了一句："皮克瓦小姐吗？"

一个听起来距离很远的声音用另一种语言说了些什么，也许是法语，也许不是法语。也许只是霍威尔自己说的话的扭曲回音。他等了好长一会儿，等那个声音再说点什么。没听到任何声音后，他挂断了电话。

那天下午晚些时候,他终于下了楼。看门人这时出现了,他坐在门边的小屋里。他不是昨天那个人,至少看起来不一样。也许这份工作由两个人分担,也许只是一个人,但因为穿着打扮和心情,他可以展现出截然不同的样子。

霍威尔想让这个人明白他的需求。他不断重复"小镇",一遍又一遍,接着又用他听过的两种发音说出小镇的名字,可看门人就是一脸茫然的样子。看门人用法语说了些话,从语调判断应该是提了一个问题,可霍威尔一个字也听不懂。

过了一会儿,他放弃了,径直走向前门。但看门人很快来到他前面,挡在他和门之间,一边打着手势一边向后推他。

"怎么了?"霍威尔问,"我只是想出去。"

可当他再次准备开门时,看门人却一把拍开了他的手。

放在平常,这种事完全可以让霍威尔转身重新上楼,可考虑到已经发生的事,他不再是他自己了。他伸手抓住看门人的双肩,推开对方后走出门去。这一次,那个人没想阻挡他。

他穿过院子,发现他最初走过的大门锁上了,于是他围着这个社区的边缘走,直到发现一个他能翻过去的栅栏和围墙交界处。围墙另一边,没有一样东西看着眼熟。他很快就迷路了,当他走向他认为通向小镇中心的方向时,他发现自己走着的小路逐渐变宽,也变得越来越空荡,周围的房屋越来越少。皮克瓦小姐带着他从火车站一路走过去时,他因为太累根本没注意周围。他应该留心的。他想找到回社区的路,可反方向走起来,街道看起来又不一样了,很快,他就走到岔路上了。他能看到街道和房子,但找不到小镇中心。突然间,他走到了海滩上。

和在家里的花园里散步时一样,穿着卡其裤、破旧毛衣和破旧胶底鞋的他立刻有了一种自己过于显眼的感觉。他穿得太正经了。海滩上的大多数人只在自己的"叉子"上裹着薄薄一块布——如果"叉子"是正确说法的话——大部分人甚至连这都没穿。绝大多数人赤身裸体,在海滩上分散着聚在一起,在他几次看他们时,没有一个人移动,好像太阳让他们瘫痪了一样。

"拜托?"一个浑厚、喉音很重的声音从身后传来。这人可能是俄罗斯人。

他转身看到一个身材高大、有着深红色皮肤的人,他头全秃了,全身一丝不挂,从头到脚涂着某种油。一块金表在他手腕上泛着金光。他的眼睛藏在一副有着深色保护镜片的护目镜下。

"我好像迷路了。"霍威尔说。意识到和一个只戴着手表和护目镜的全裸之人交谈,他有点不安。他觉得某个礼仪规则被违反了,但是不确定违反规则的是自己还是皮肤发红的人。

"你可以这么说。"这个皮肤发红的人双臂抱在胸前说道,"他们都这么说。"

"但我说的是真的。"霍威尔抗议道。

"如果你愿意看看,我们也愿意看看。"那个男人说,而且他伸手抓住了霍威尔的毛衣。霍威尔退缩了,他迅速后退。那个男人紧紧抓了一会儿,但又突然放手。霍威尔踉踉跄跄,几乎摔倒在沙滩上。他快速跑开,身后传来了那个皮肤深红男人轻浮的笑声。

等他再次找到那个社区时,天已经快黑了;在他终于放弃寻找时,那个社区突然出现在他眼前。大门仍然锁着,尽管他按了门铃,看门人也没有出来给他开门。他围着社区,直到再次找到他翻过围墙的地方,还是从那条路爬了回去。回去比出来更难,他裤子的膝盖处被扯开了。

在暮光中,他走过院子。同一对情侣,或者说与他们非常相似的一对情侣这晚又一次出现在那里，手挽手走着，脑袋低着朝向彼此，他又一次想到中年男人和自己很像，年轻一点的女子和皮克瓦小姐很像。他想靠近他们，他也确实开始向他们走去。可就在他逐渐靠近时，他意识到两人间正在发生什么事，他以为两人友好地手拉手，其实是男人死死拉住女人的手，导致她根本松不开。他拽着她向前走，而她的头之所以那样倾斜，是因为她做不了别的动作。尽管如此，那个女人并没有哭喊。显然，如果她遇到麻烦，如果她需要他，她肯定会喊叫出来。

心里不确定的他还是朝着他们走了过去，突然间，那两人突然加快速度跑开了。他站在那里，困惑了好一会儿，找了一会儿他们，最后回到楼里。看门人在那里等着他，而且立刻冲着他摇手指，但因为是他翻围墙还是其他原因，霍威尔就不知道了。霍威尔挤开他，爬上楼梯。

等他来到自己房间的床边向外看时，那对情侣已经走了。不过那里站着两个男人，在越来越黑的环境，他们好像穿着制服。也许是警察，也许是衣服像警察的人。这里的警察怎么穿着是这样？他看着他们踏着整齐的步伐走过院子，走进了他这栋楼。

接下来一个小时，他一直等着他们来敲门。他们没来敲门，可知道他们随时可能敲门，这足以让他焦躁不安且心情沮丧。他在脑海中想象自己该怎么说翻墙的事，怎么说意外走到海滩的事。他发现自己的手在动，在对着空气做出自己无辜的手势。他第一次试着关上窗户上的百叶窗，以防他们通过窗户看到自己，可尽管控制装置发出吱吱声，但百叶窗并没有落下来。最后，他拿起一张毯子和一个枕头，把自己锁在卫生间里等着天亮。他根本没必要离开房间——他为什么这么做呢？他对自己发誓，在皮克瓦小姐回来前，他不会再离开房间。

. 074 .

IV

他是被卫生间门下漏出的、照在他眼睛上的细长条光线弄醒的。因为坚硬的卫生间地板，因为睡觉时脚不得不搭在坐便器上，他浑身酸痛。不，在白天的光线下，之前的恐慌显得很愚蠢。他没做错任何事。警察没理由找他。他让自己胡思乱想得太多了。

然而，他没有离开自己的公寓。他在不同房间里走动，漫无目的地看着窗外。他尝了更多皮克瓦小姐买来的陌生罐头，尽管没有一个给他惊艳的感觉，但其中一些至少还算能吃。他告诉自己，放松是好事。没过多久，他就有了找回自己的感觉。

黄昏时，他在窗口寻找那对情侣，但这晚却看不到那两人。更准确地说，现在只有那个男人，一个人在院子里来回踱步，显得非常焦虑。也许霍威尔朝外面看得太晚了，女人那时已经回房间了。也许女人今晚在别的地方。或者还有其他可能——不对，还有别的合理原因吗？没有必要再胡思乱想了。

霍威尔告诉自己，他要看会儿书，然后睡觉。今晚不熬夜了。今晚不行。然而，他发现自己还是站在窗边，下方房间的灯光熄灭了，这让他看得更清楚。他不确定时间过去多久。也许是一个小时，也许更多。突然间，他再次注意到阳台上的形状，那个男人出现了——他几乎可以确定就是那个男人——在月光下他清晰可见，而且与阳台上浅色的金属形成鲜明对比。另一个观察者，就像他一样，无法入眠。可是晚上有什么可看的呢？

云动了，他发现那个形状又出现了，出现在院子里铺着砖石的地面上：巨大的黑色形状，像个鼓包或土堆一样。前一刻那个形状还没出现，这一刻就突然出现了。那是什么？随着脑海里不断出现恐怖的想法，每个想法都让情况变得越来越神奇，他感觉自己汗毛竖立。

不，这样的想法太荒唐了。他又让自己天马行空地乱想了。这事一定有合理的解释。如果下楼，他就能查明原因。

他没有离开窗户半步。

他注意到，阳台上的人形也没有动。他肯定盯着下面同一个黑色鼓包看，就像我一样。"除非，"他突然意识到，"他在朝上盯着我看。"

那个人形好像以他的想法为信号一样。他看着那东西沿着阳台的栏杆向上爬，还没等霍威尔反应过来，甚至没等他喊出来，那个人形就跳了下去。

他跌跌撞撞地跑下楼梯，心脏跳个不停，他跑过关着门的看门人小屋，跑到了楼下的院子里。他看不到人的身体，阳台下面的路面上没有瘫在地上的人。那样摔下来，难道不会杀死它吗？或者更准确地说，不会杀死他吗？也许他爬走了。

他跑到院子更远处的地方，想了一会儿自己看到的是什么，不，他看到的东西太大了，不可能是人——他看到的是一堆巨大的黑色东西。

他几乎就要转身回到自己的房间，可他做不到。现在离得这么近，他想知道。

他向前挪动，心里希望自己有一个手电筒。离得很近时，他能感觉到那东西散发出来的热量，有那么一瞬间他以为那是堆肥或者其他垃圾。可当他再靠近一些，用手触摸感受到皮毛后，他意识到那是一匹马。

它死了，或者说似乎死了。它的身体还是温热的，但正在迅速变凉。它肯定是黑色的，或者是深棕色，如果在楼上他也许能看得更清楚。可即便离得近，即便摸到了，他也难以分辨出这东西到底是什么形状。

他不可能分辨出来。这东西在黑暗中实在太大了，是他这辈子见过的最大的马。它从哪儿来？前一晚这堆东西去哪儿了？显然，两个晚上不可能是同一匹死掉的马。

"可那个从窗户上跳下去的人呢？"

他收回了手，好像被蜇了一下，然后站起来。现在，在门附近，在他和门之前，站着一个东西，显然是一个人的样子。起初他以为是看门人，可当那个人一瘸一拐地向他移动时，他又不敢确定了。

他迟疑了一会儿，想明白到底在发生什么，想做出合理的解释。而这，正是他崩溃的原因。

V

皮克瓦小姐回来时，她结束了四天游历四个国家的行程，不过考虑到对她来说这四个都算不上"新"国家，都不是她之前没去过的国家，所以这趟旅行也算不上旅游。不过重要的是，她是在之前认识的德国绅士的陪伴下游历了这些国家，旅行费用由这位德国绅士负责。她不会跟霍威尔提这事——他不太可能理解，他也不需要理解。可她会跟他描述四个国家，讲她在这四天里都看到了什么。或者说实话——这是她不愿意做的事——讲她在两天时间里看到了什么，因为她和德国绅士在最初的两天里根本没离开他在小镇上的房间。归根结底，那时她告诉自己，她的头衔只是"小姐"，不是"夫人"。在空闲时间做什么，那是她的事，与其他人无关。

看门人对她说了一大串法语，做了很多手势，可她看不懂也听不懂。她只是做出耸肩和点头的动作，直到他要么认为她听懂了，要么决定放弃——他说的是法语，你怎么知道他们在想什么？

上楼后，她看到一个很邋遢的人，大概是个维修工，正把她房间门上的 6 钉回到 306 上，这次的方向对了，那个数字不会再被看成 9。霍威尔还在她离开时的那扇窗户边，还盯着那个荒废的小院子。

"你好啊，亲爱的。"她说，"过得怎么样？"

他嘟囔了一句，转身到足以给她苍白的微笑又拍了拍她的手臂的程度。"还是那个詹姆斯。"她心想。突然，他做了一件让她意外的事。

他转过身，正面对着她。"我们去散个步吧？"他问道，声音中有着几乎不像他的自信。"暮光中手挽手。"然后他笑了，在她看来，这个笑也完全不像他的样子。"走吧。"他说，"会很有趣的。没什么可怕的。"

他站起来，用手搂住她，开始向门的方向猛拽她。

粉　尘

I

在他们抵达后，过了几天，挡板开始堵塞。他们预计挡板会出现堵塞——这并不让人意外。格里莫接受了清理堵塞的训练，现在他开始训练其中一个人。其实就是训练奥瓦尔。他们属于基础队员，只有刚刚够用的人手，如果这个地点有用的话，他们的作用就是为三个月后抵达的全体成员做好准备，所以奥瓦尔现在也没什么工作可做。

奥瓦尔最初表达过异议。作为安保主管，清理挡板显然不属于他的工作职责，格里莫只是耐心地看着他，用他那苍白但坚定的眼神，他等着，不动声色，直到奥瓦尔的抗议声慢慢变小。准备进行这个工作时，格里莫只是打开合同文件，叫来奥瓦尔，补充一个安排他清理挡板的合同条款。然后，他把屏幕转向奥瓦尔，让他按下拇指指纹。

"假如我拒绝呢？"奥瓦尔问。

"你不会。"格里莫说。

奥瓦尔看起来一副不自在的样子。"你可以清理。"他说，"你已经知道该怎么做了。"

格里莫摇摇头。"我还有其他事要做。"他说，"你没有，现在没有。"

奥瓦尔心想，这不完全对。尽管不算他和格里莫，这里只有七个人，可这群人已经打过一架，还是喝醉酒后打的架。一个人因此失去了一只眼睛。奥瓦尔分开了打架的众人，可这里还没有禁闭室——下一艘船来时才会有。现在，他们只有一个未来可以成为禁闭室的空间：三面没有装门、没有经过强化、管道系统露在外面的墙壁。这地方没办法关人。

所以他只能即兴发挥。他把没受伤的詹森和一块挂在机井里的石头锁在一起，留他在那里号叫，让他醒酒。对另一个人，威尔金森，他先用尼龙绳绑住他，再用手术胶布粘上他眼睛上的伤口。做完这些事后，他把威尔金森带到有朝一日将成为禁闭室的墙边。

"谁给你的权利？"那个人口齿不清地说道。

"谁给我的权利？"奥瓦尔重复道，他颇感意外，"这是我的工作。"

但威尔金森没听他说话。他已经昏过去了。

奥瓦尔盯着屏幕又看了一会儿，然后用拇指按了上去，就像他和格里莫都知道他会做的那样。格里莫点了一下头，很是敷衍，然后站了起来。

"那就来吧。"他说。

他们爬过部分建好的建筑物，经过工人宿舍，绕过成堆的箱子，又穿过堆放在一起的板材，最终来到将外部不能用于呼吸的空气导入室内的系统中，开始刷洗起来。奥瓦尔后来总觉得空气有股难闻的味道，有种污染腐败的感觉。他一直觉得自己头重脚轻。如果跑步或者发力，就像他拉开打架的众人那样，他的脑袋就会抽着疼。

格里莫告诉他，某种物质的颗粒太小了，所以经过过滤器和挡板传了进来。他说，那是过滤器的问题：它们不是为这种环境而设计的。

他向奥瓦尔展示了如何关闭挡板、停止过滤，接着展示了如何拆下并清理过滤器。当他拆下一个过滤器时，奥瓦尔能看到管道边缘覆盖着薄薄一层灰尘。格里莫在金属墙壁上轻轻磕了一下过滤器，一团粉尘顿时升起，飘浮在空中。这团粉尘就停留在那里，一动不动。奥瓦尔能看到这团粉尘，当他用手摸过去时，他却什么也感觉不到。可当他收回手时，那团粉尘发出了微弱的光泽。

"理想状态下，"格里莫说，"我们应该在可控空间里做这事。但我们目前一个也没建成。"

奥瓦尔点点头。"只建了必须用的房间。"他说。

格里莫指着剩下的过滤器。"我就留你做剩下的事了。清理干净后重新装回去，然后打开系统。把你的手放在那儿。"他指着上方管道系统的第一个通风口说，"如果你感觉有空气喷出来，那就对了。"

"如果感觉不到呢？"

"那就拿出过滤器，再清理一遍。"

这个工作不难做。说实话，这个工作没有技术含量，而且让奥瓦尔有事可做。他意识到自己一直以来都是懒洋洋的状态。清理过滤器帮他打发了时间。

没人再打架了。当他给詹森松绑时，那个人一副窘迫的样子，自觉丢人。他立刻询问威尔金森的情况。

"他失去了一只眼睛。"奥瓦尔最开始这样说道，可看到威尔金森痛苦的表情，他觉得不该这么说，"或者本可能失去。"他说，"不要再打架了。"

至于威尔金森，当奥瓦尔问他说了什么惹怒詹森时，他只是耸耸肩。这个人喝得太醉了，他甚至记不得打架的事。醒来发现自己被锁住后，他非常惊讶。威尔金森想知道，是詹森攻击了他吗？

"我一直很喜欢他。"威尔金森说，"我以为他也喜欢我。"

"他确实喜欢你。"奥瓦尔说，"你怎么知道攻击的不是你？"

"是我吗？"威尔金森问。

奥瓦尔不知道。"你没有失去眼睛。"奥瓦尔告诉他，"你大概连伤疤都不会留下。"接着，他让他保证下次喝酒时一定小心。

所以说，没人打架了，可过滤器的粉尘却越来越多。他一天会去敲打两次过滤器；有时候，尤其是早上最先干这个工作时，他会在墙上反复磕过滤器，直到他感觉到通风口出现足够量的空气。差不多一周后，即便是刚刚清理过的通风口，气流似乎也变得越来越弱。或者说，这一切只是他的想象？

工作时间很是孤独，一半的团队成员需要在机井里钻孔，另一半团队成员需要在临时搭建、未来可能成为实验室的空间里分析、分类各种样本。他们暂时用一堆塑料板钉在上方的管道系统，组成一个大致为方形的封闭空间，这些塑料板几乎挡不住任何粉尘，弄得粉尘如今似乎到处都是。他们身上都是这些东西，身上好像覆盖了一层花粉，让他们的皮肤呈现出灰色。每天晚上，为了擦掉身上的这些东西，奥瓦尔会从分配给他的水中拿出足够的分量泅湿布料，可这些粉尘似乎总是立刻就回到他身上。这东西既没有沙粒感，也不会让人不舒服：他几乎感觉不到这些粉尘的存在。可这种东西就在这里，在他身上，覆盖在一切东西上面，他始终有这种意识。

一天中，他总会在某个时间问所有人："找到什么了吗？"有时甚至不止问一次。他们总是摇头。这个地方,至少是现在,看不出能有什么收获。他们可能还有一个月时间,到时公司就会决定到底是派来更多的人,还是派一艘船接走他们。

奥瓦尔有时候会去观看机井里的进展,在钻探岩石的噪声中,男人会彼此大喊。他会站在入口处,感受腿上传来的隆隆震动。然后,他会转身回去。

其他时候,他会去办公室,那是整个区域唯一一间算得上完工的房间。房间几乎没什么装饰——计算机系统、通信控制台,还有一排控制整个区域温度、监控环境或者有时候只是等待它们要监控的机器到来的控制板。房间里只有一张金属桌子,虽然可折叠,但很结实,还有几把金属折叠椅,除了奥瓦尔习惯坐的一把外,其他椅子都被折叠起来靠墙放着。格里莫的椅子不一样,他的椅子有软垫,有轮子,尽管船内空间有限,但他还是想办法挤了进来。在他的椅子后面靠近墙的地方有一个铺盖卷。格里莫更愿意独自一人在这里睡觉,不愿意去宿舍。

格里莫总是看起来很忙,尽管奥瓦尔很难说出他在做什么。他怀疑格里莫的工作甚至比自己还少,可那个人总是在他的电脑跟前,总是在打字。说话时,他的手总是停在键盘上方。

他会问奥瓦尔过得怎么样,不管奥瓦尔回答什么,他都会点头认可。问起其他人时,他也会点头。

"没人打架了?"他也许会挑起一边眉毛这么说。奥瓦尔会解释说,不,一切似乎都很平稳。

"啊。"格里莫心不在焉地回答,"钻探呢?"

"目前什么都没挖到。"奥瓦尔说。

只有在这时,格里莫脸上会微微闪烁一下。奥瓦尔不知道自己的上司在多大程度上参与了选址,也不知道这个地方什么也挖不出来他会有什么损失。但他能看出格里莫会失去些东西。

至少他们正在钻探的岩石是火山岩,而且很硬——就算这个地方挖不出东西,至少在岩石的问题上他们是对的。没有粉尘从机井里喷出来。相反,粉尘似乎渗透进去,通过过滤系统飘进了机井。人们也注意到了这一点。如今似乎到处都是粉尘,每一秒都在变得更厚。粉尘飘在空气中,形成一层薄雾,让光线也变得模糊起来。

在区域内走动,用一根手指划过墙面,奥瓦尔开始产生一种身在水下的感觉。他好像沿着海底行走,遇到了一座被洪水冲毁、被人遗忘、原本不可能再被人发现的城市废墟。

然而,他心想,这是我生活的地方。

那些人聚在一起聊天,可随着他沿着机井下来得越深,人们变得越沉默不语。所有人都在,不只是挖掘工,连测试员都在。

"一切正常吗?"他问道。

"只是休息一下。"其中一个人说。那是刘易斯。

"找到什么了吗?"奥瓦尔问。另一个人,他觉得是耶格尔,不停拍自己的手臂,一次又一次地拍。像是某种神经性抽搐。

"你什么意思?"戈登问。

奥瓦尔看着他。"我什么意思?和我昨天的意思一样。"

"这地方没东西。"戈登说,"如果有,早就挖出来了。"

"闭嘴,戈登。"达勒姆说,"别打扰奥瓦尔。"

奥瓦尔耸了下肩膀。他尽量不去看耶格尔不停在动、不停在拍的手。"也许他们犯错了。"他说,"我们知道存在这种可能。所以他们才先派了基础队员过来。我们还是有可能找到些什么的。"

戈登摇了摇头。"我参加过失败的项目。"他说,"干到现在这个程度,我们应该收拾行李了。"

"也许格里莫觉得还有希望。"奥瓦尔说。

可作为经验丰富的挖掘工,戈登不想被这样安慰,"这里肯定有事。"

"疑心别这么重。"李说。

"我不知道那是什么,"戈登说,"但肯定有问题。"

"戈登,"奥瓦尔坚定地看着他的脸,"这里没有隐藏项目,我保证。"

"你相信奥瓦尔,对不对?"达勒姆对戈登说,"你能看出他说的是真话。"

戈登不情愿地点点头。"也许格里莫只是没告诉他。"

"不是。"奥瓦尔说,"我了解格里莫。他会跟我说的。你想让我问他吗?"

"他大概会说谎。"戈登嘟囔道。

"我会问他的。"奥瓦尔说,"如果他说谎,我能看出来。"

"你会跟我们说。"詹森提醒他。

奥瓦尔伸手,拍了拍戈登的肩膀。对方向后退了一下。

"我会告诉你们的,"奥瓦尔说,"我保证。"

从机井回去的路似乎变长了。等他再次回到被墙壁包围的工作生活区内部时,他已经气喘吁吁了。他难以整理自己的思绪。"我有什么问题?"他心想,但又很快甩掉了这个想法。没理由让戈登的多疑影响自己。可是,如果戈登说得对呢?如果确实存在隐藏项目呢?但格里莫应该早跟他说了。作为安保主管,他被告知真相显然是合理的,不是吗?

就算他没有被告知,格里莫也瞒不住他。奥瓦尔可以确定,或者说几乎可以确定,事实就是如此。

他开始朝办公室走去,但重新考虑一下后,他还是决定绕回去检查过滤器。

当他把手伸到通风口时,他感受到一股气流,但是非常微弱。他关闭系统,打开挡板,拆掉了过滤器。还没等他开始清理,威尔金森来到了他的身边。

"怎么了?"威尔金森问道,"坏了?"

"常规清理。"奥瓦尔说,"每天我都做这个工作。"

威尔金森眯起眼睛。"可你今天已经做过了。"他说。

奥瓦尔犹豫了。然后他慢慢开始解释,没错,他今天已经做过这个工作了,但大部分时候为保险起见,他一天都会做好几次。这个过程中他一直在想:威尔金森一直在监视我?为什么?威尔金森正在像耶格尔之前那样拍自己的手臂,一次又一次反复拍,只是频率没那么高。"威尔金森怎么了?"

他看到那个人的眼睛飞速扫过他们的袜子。也许没事。他心想,在这个地方被证明有用前,我们都会有点儿紧张。他试着回忆威尔金森真正的工作到底是什么。

"你在哪个小队?"奥瓦尔问他。

"小队?"威尔金森惊讶地说。他的手停了下来。他斜着眼睛说:"有小队吗?我还以为我们都在一起。"

"不是。"奥瓦尔说,"我的意思是,你的工作是什么?是钻探还是测试样本?"

那人脸上露出松了一口气的表情,但很快又换上一种扭曲的怀疑表情。"你为什么想知道?"

奥瓦尔在他面前摊开双手。"我只是问个问题,威尔金森。"他说,"没什么好担心的。"

威尔金森想了一会儿,最后终于说:"钻探队?"

"现在你在休息吗?"奥瓦尔问,"平常你就是这么用休息时间的吗?"

"我该回去了。"威尔金森说。过了一会儿,他开始往回走,还紧张地回头看了看。

格里莫弓着身子看着电脑。奥瓦尔走进来坐下时,他几乎没有抬头。

奥瓦尔等了一会儿,他的眼神在房间里漫无目的地游荡。说真的,没什么可看的:办公桌一角能看到格里莫揉作一团的床单,监控屏上有绿色和琥珀色的光亮,视线越过电脑盖子,他还能看到格里莫憔悴的面孔。他没有刮胡子,眼睛里布满血丝。

格里莫终于关闭电脑,身子向后靠过去。透过手指缝,他盯着奥瓦尔。

"怎么了?"他说。

"目前为止他们什么也没发现。"

"那他们应该继续挖。"格里莫说,"他们没停下,是吧?"

奥瓦尔摇了摇头。"他们还在挖。"他说。他犹豫了。他在脑海里反复想那个问题,希望想出一个最好的表达方式,或者想清楚到底问不问。他已经在这里了,就坐在格里莫对面,这就让这个问题显得很荒唐。他告诉自己,这里面根本没有阴谋,只是格里莫固执地希望找到什么。最简单的解释通常是正确的解释。

格里莫指着监控屏。"你看到琥珀色的光了吧?"他问道。

"看到了。"奥瓦尔说,"那是什么光?"

"代表空气质量。"他说,"你需要去清理过滤器。"

"我刚刚清理完。"奥瓦尔说。

格里莫摇摇头。"随着时间推移,粉尘越积越多。你需要更常去清理。"

"我一天已经至少清理两次。"

"啊,"格里莫说,"我明白了。"

"我需要再去清理吗?"

"不，不用了。"格里莫心不在焉地说，"可能是监控系统没有跟上。"可他接着又说："你知道，我重新考虑了一下，再去一次也没坏处。再去清理一遍吧。"

他站起来，绕到桌子前端坐了下来。奥瓦尔注意到，他在拍自己的胳膊。虽说动作和威尔金森及耶格尔的不完全一样，但也是在拍。"我也要这么做吗？"奥瓦尔心想。他低头看着自己的手。有那么一瞬间，那两只手好像是别人的手一样。

"你觉得它对我们做了什么？"奥瓦尔问。

"什么？"

"这个粉尘。"他说，"如果像这样在通风口里越积越多，它在我们身体里做什么？"

格里莫盯着他，皱着眉头。"是什么让你觉得它做了什么？"

"也许没做什么。"奥瓦尔突然变得谨慎起来。

"人体可以代谢这个东西。"格里莫说，"那不会伤害我们。如果有伤害，公司不会派我们来这里。"

"你确定这是真的？"奥瓦尔问道。

格里莫没有回答。相反，他不再拍自己的胳膊，而是坐了回去。"清理过滤器，"他说，"确保之后有空气从通风口出来。"

但奥瓦尔没有站起来。"有些人很担心。"他说。

格里莫耸耸肩。"这个地方一直有挖不出来东西的可能。"他说，"他们明白。不管怎么样，他们都有钱赚。"

奥瓦尔摇头说："不，不止这些。他们觉得我们来这里有其他原因。"

"比如什么？"

"他们不知道。"奥瓦尔承认，"一个隐藏项目。"

格里莫大笑不止，他张开双臂。"在这里？那能是什么？别胡扯了。"

对方说话时，奥瓦尔一直看着他的脸。他看起来很镇定、放松，没有泄露任何信息。他没有理由不相信他，但也没有理由相信他。

"他们觉得这里有阴谋。"奥瓦尔说，"他们觉得你参与了阴谋。"

格里莫指着电脑，指着控制板说："不算上他们的多疑，我的事已经够多的了。"他身子前倾，嘴角耷拉下来。"谁是这里的安保主管？"

"我。"奥瓦尔说。

"那这就是你该担心的事了。"

他没有理由怀疑格里莫。不，那些人只是烦躁，只是因为这个地方没有产出而不满意。他们不理解为什么格里莫一直让他们工作，但奥瓦尔理解。至少这能让他们忙起来，避免出现更多打架斗殴。但他也能理解其他角度的观点：总有一天事情会朝着另一个方向发展，持续无用地挖掘导致的多疑，会造成比直接关闭这个场地更大的危害。

"所有这些粉尘。"当他再次清理干净过滤器时心里这样想。准确地说，不是清理干净——这一次连接近干净都做不到了。"也许粉尘就是问题。"自从到了这里，他就觉得头晕脑涨。空气的味道很奇怪，他能在皮肤上感觉到颗粒，这些颗粒堵塞了他的毛孔、进入他的咽喉，而且越来越厚。有没有可能，粉尘不仅堵塞了通风口，也堵塞了他？这东西不会在他们的肺里吗？不会在他们的血液里吗？

如果粉尘不是粉尘，而是其他东西呢？

"比如什么？"

他也不知道。也许是有机的，也许是活的东西。

他晃了晃脑袋,强迫自己露出笑容。"现在谁又开始多疑了?"他是安保主管。他本该确保一切保持稳定。如果他开始想这些事,他还怎么做这些工作?

他抬起手对着通风口正下方。没有空气出来,一丁点儿都没有。

有那么一瞬间,他的心脏都要跳到嗓子眼了:那是一种彻头彻尾的恐慌。然后他意识到,自己只是忘记启动系统了。等他再次检查时,他能感受到一小股气流。不是很大,但实实在在地存在,绝对有一点儿空气在流动。他想知道格里莫办公室里的灯光现在会不会变成绿色。

他也想知道,自己到底应不应该担心。

前往机井的路走到一半时,他意识到有人跟着他。起初他以为是自己的想象,是充满粉尘的空气导致他自己脚步声的回声传了回来。可他绊了一下,那时他听到身后的声音和自己的声音有了区别。

他迅速转身,朝身后看去。要是在其他地方,他大概不会想这么多,可这里根本不该有惊喜。除了他和其他那些人,这个方圆上万平方英里的地方没有任何其他活物。这里只有通道、昏暗的光线和到处乱放的箱子、堆在一起的板材以及各种各样的补给。这里有很多空间供人躲藏。

他考虑过原路折返去追他们,可相反,他还是继续向前走。他打开了枪套上的纽扣,手就搭在手枪把上面。"也许没什么。"他对自己说。可他还是需要强迫自己,不要着急。

他走进宿舍,身子贴着墙,还拔出了枪。他屏住呼吸等待着。

有那么一会儿,什么也没发生,可他突然听到走廊里有轻轻的鞋底蹭地的声音。等他们走过那道门后,他冒险探头出去看了一眼。在稍微远点儿的地方,戈登刚刚消失在机井入口处。

"大概没什么。"他对自己说,"戈登大概没跟着我。或者就算跟着,他也只是为了向自己证明我和他是一伙的。"

"我是吗?"他想知道。

这些人心神不宁,都很沮丧。而且就像格里莫提醒他的那样,处理他们是他的责任。

在机井入口,他遇到了耶格尔。这家伙被吓了一跳。被吓一跳,是因为我让他意外,还是因为其他原因?奥瓦尔心想。

"还好吗?"奥瓦尔尽可能地用一种亲切、让人安心的声音问道。

"还好,当然啊。"耶格尔说,但他不怎么愿意看奥瓦尔的眼睛。可他没有走。他又在拍自己的胳膊了,这一次速度更快。

"我跟格里莫谈过了。"奥瓦尔说。

"是吗?"耶格尔说,"所以是什么?"

"什么是什么?"

"我们为什么到这里来?"

奥瓦尔摇摇头。"不。"他说,"我是对的。一切正常。"

"你听到戈登的话了。"耶格尔说,"如果这地方能挖出东西,那我们早该找到了。这怎么是一切正常?"

"不对。"奥瓦尔说,"戈登那时在一个非常不同的星球上的一个非常不同的地方。他不懂。"

"你非要这么说的话。"耶格尔说。

"我确实这么说了。"奥瓦尔说,"耶格尔,我没说谎。"

"我不是耶格尔。"耶格尔说,"我是李。"

这话让他糊涂了。"你是李?"奥瓦尔说,"我敢发誓你是耶格尔。"

"行吧。"这个奥瓦尔忍不住认为是耶格尔的人说,"我是李。"

"好吧。"他说,这个假耶格尔又在抽搐,又开始拍自己的胳膊。

他真的叫李吗?奥瓦尔很难相信自己一直都是错的。可那个人为什么要说谎呢?

"你有什么毛病?"奥瓦尔在沿着机井下降前问道,"能别那么做了吗?"

"做什么?"耶格尔,或者说是李问他。奥瓦尔模仿他的动作后,对方抱起双臂。

"就是这个粉尘,"他说,"到处都是。"

II

几天后,通风设备开始发出咔嗒咔嗒的响声。最开始,这个声音很难听到。假如奥瓦尔没有安静地站在那里,把手放在通风口感受气流,也许他也不会注意到。可自那之后,每次回去,这个声音都会变得更大一些。现在,他一天要清理四次过滤器。很快,除了清理过滤器,他不会有时间做其他事了。

等到他通知格里莫时,咔嗒声已经变成了摩擦声。两个人都站在通风设备旁边,盯着看。

"这个样子多长时间了?"格里莫问。

"时间不长。"奥瓦尔闪烁其词。确实,事后回想,他应该早点儿告诉格里莫。"显示的情况怎么样?"

"现在一直是琥珀色。"格里莫说,"你认真清理过滤器了吗?"

奥瓦尔点点头。

"那就有问题了。"格里莫说。

他们停下机器，打开检修门。两人双膝跪地，通过狭小的开口向上查看发动机，格里莫打开了他的小手电。这个东西的表面包裹着粉尘，而且是厚厚一层。粉尘就像霉菌一样粘在发动机上。

"尽你所能擦干净。"格里莫说，"不到一个月他们就能到了。"

"没什么用。"奥瓦尔说。他小心地拿过小手电，通过开口照射机器的壳体。里面的电枢上也布满厚厚的粉尘。

"你可以用吸尘器吸。"格里莫说。

"用什么？"

"钻探设备上有可以用的东西。"那个人说，"我记得清单上有。就算不是吸尘器，也会是某种吹风机。"

事实证明，他们确实有一个吸尘器，李在几分钟后承认。那是一个小型的手持式设备，他们一直放在样本桌上。

"只不过有一个问题。"李补充了一句。

"问题？"

"那东西用不了了。"

两人一起拆开了吸尘器，只发现机器内部全是花粉状的粉尘。吸尘器的马达烧坏了，电路短路了。

"怎么会这么糟糕？"奥瓦尔问。

李耸耸肩。"粉尘太多了，"他说，"毁掉了一切。"

奥瓦尔回去关闭检修门时，戈登正躺在地上盯着上面的机器。

"你在干什么？"奥瓦尔问。

"这有什么问题？"戈登问。

"没什么问题。"奥瓦尔表示，"我只是在清理。让开。"他双膝跪在地上，拿出一块抹布，尽他所能把机器擦干净。

"那没什么用。"戈登说。

奥瓦尔没有理他。

"这有什么问题？"戈登又问了一遍，但奥瓦尔选择不做回答。

他关上盖子站了起来，拍掉裤腿上和胳膊上的粉尘。他打开挡板，拿出过滤器，再把过滤器放回原位。戈登就那么看着。

"没什么好担心的。"奥瓦尔再次表示。

可当他启动机器时，机器却发出一声巨响。不知道还能做什么的奥瓦尔只是耸耸肩，然后转身离开。戈登留在机器附近，听着。

后来，当机器开始冒烟时，戈登还在那里。等到奥瓦尔被叫来，想办法打开检修门时，里面的发动机已经彻底坏了。

当奥瓦尔终于去找格里莫时，后者看起来比以往更加憔悴。他已经知道出事了：在他身后，整个控制板都闪着红光。

"有可能修好吗？"格里莫问。

"我不知道。"奥瓦尔说，"詹森和刘易斯都有机械工作经验，但两个人似乎都没取得进展。"

格里莫叹了口气。"我发送了一条信息，或者是试图发送一条信息。通信现在只能说是断断续续。"

"我们该做什么？"奥瓦尔问。

"等，直到全体队员到来。他们要么修好通风系统，要么把我们所有人带走。"

"我们等不了那么久。"奥瓦尔说，"这里没有足够的空气。我们都会窒息。"

"不。"格里莫说。他激动地拿起一摞皱巴巴的纸交给奥瓦尔。奥瓦尔接过来，仔细翻看。纸上是测量数据、容量计算数据，后面还有好几页公式。最后一页上只有一个被圈起来的数字 24，而且写得很奇怪——2 是一笔下来的，而 4 被描了好几次。

"那是日子的数字。"格里莫说，"那是没有通风我们能维持的时间，假设我正确计算了这个结构的立体空间和目前的氧气浓度，假设氧气是均匀分布的，而且每个人每分钟消耗四分之一升氧气。不要运动，不要做体力活，我们会没事的。"

"他们什么时候来接我们？"

"21天，9小时，52分钟。"格里莫说，"我们会没事的。"他重复道："我们还有空气可用。"

"好吧。"奥瓦尔说。

"但是，如果可以，我们还是应该修好通风机。"格里莫说，"以防万一。"

"我们会继续试着修理。"奥瓦尔说。他递回了那摞纸。"为什么用纸？"他问。

"你说什么？"

"为什么在纸上计算？为什么不用电脑？"

"开始我用的是电脑。"格里莫说，"但电脑后来越来越奇怪，最后死机了。粉尘太多了。"

"好吧。"奥瓦尔说，"让我们乐观点。我们有足够的空气。那是好事。你准备跟其他人说什么？"

"什么也不说。"格里莫表示。

"什么也不说？"

"没必要让他们着急。"

"你得跟他们说点什么。"奥瓦尔说。

"为什么？"

"就算有足够的氧气，氧气慢慢减少也会让他们感觉越来越差。他们会产生缺氧的感觉，我们也会。头疼，疲劳，呼吸急促，恶心。我们的头脑不再清醒。如果情况变得足够糟糕，我们会出现幻觉——我们会失去知觉。如果他们不知道未来会发生什么，情况就会更糟糕。"

"你怎么知道得这么多?"格里莫问他。

"我过去经历过。"奥瓦尔说。他不愿提供更多信息。"你需要告诉他们,格里莫。"他又一次说道。

格里莫只是摇摇头,他说:"不。"

"如果你不告诉他们,"奥瓦尔说,"我会去说。他们必须知道。"

"好吧,"格里莫说,"告诉他们。但我不对发生的事负责。"

他进入机井,让人们关闭钻探机。

"是高层的命令吗?"戈登急切地问道,"我们放弃了?"

"不能说是高层的命令。"他说,"但钻探工作彻底停了。"

所有人一起来到测试区,他也停下了那里的测试。靠着桌子,他把情况告诉了其他人。

"我就知道,"耶格尔,或者是李这样说,现在他更疯狂地拍自己的胳膊,"我就知道粉尘会弄死我们。"

"尘归尘,土归土。"威尔金森冷笑着说道。

"闭嘴。"刘易斯说。他转向奥瓦尔:"我们该做什么?"

"我们会继续试着修理通风系统,"他说,"也许我们能取得一些进展。我们要拆开钻机,找到有用的零件。"

刘易斯摇了摇头。"没用,"他说,"公司对那些机器做了防破坏处理,我们需要真正的工具才能拆开。"

"好吧,你尽力去做吧。"奥瓦尔说。

"我们的空气什么时候耗尽?"

"我们的空气不会耗尽。"奥瓦尔说,"他们计划在那之前抵达。我们的氧气不多,但足够让我们活下去。"

"他们让你这么说的。"戈登表示,"格里莫不想让我们知道我们都要死。"

"不,"奥瓦尔说,"我看到公式了。我们没事。"

"那为什么要重启通风系统?"詹森问道,"你肯定有什么没跟我们说。"

"我知道的一切都跟你们说了。"奥瓦尔表示。

"那又为什么还要修通风系统?"

"以防万一。"李,或者是耶格尔说。奥瓦尔注意到,这两人长得是有点儿像。"以防接我们的人来晚了,以防我们用的氧气量比他们计算的更多。戈登,这里没有阴谋。"他说,"奥瓦尔是我们的朋友。"

III

他留下其他人继续讨论,给他们时间去消化这个信息。就是在这时,在他履行完自己眼中的职责后,他才有时间反思发生的一切。

他躺在自己的床上,盯着尚未完工的天花板、劣质的金属板、连接它们的密封胶、支棱着的电线,以及暴露在外面的管道。假如格里莫考虑了暴露的天花板,这也许能让他们的氧气稍微多一点?如果真是这样,那他是否考虑到电线和其他基础设施占据了很大一部分空间?在这个问题上,格里莫是怎么计算箱子和散落在大厅里的其他东西的?它们每一个都占据了氧气的空间。人们的躯体呢?人占据的空间怎么算?

这让他感到紧张。变量太多了。尽管写了那么多页公式,可如果格里莫有些地方搞错了怎么办?即便只是在公式的一个地方出现一个小错误,那也可能意味着他们将没有足够多的氧气。

还有机井呢?格里莫大概没有考虑这个空间。机井现在已经相当长了,里面差不多有七千立方英尺的空气。如果格里莫没把这些考虑进去，那他们就能拥有比预期多很多的氧气。这些氧气甚至足以让他们在获救前不至于发展到产生幻觉的地步。

不对，转念一想，他不该去问格里莫有没有考虑到机井。如果他已经考虑到了，问他只会让局面恶化。不知道最好。抱着希望就好。

上一次遇到这种情况，到最后时他疯狂到以为自己活不下去了。那次他们只有三个人，在一艘自由漂浮的船上等待他人来救——他只有这么做，才能阻止自己打开舱门，放走剩余的最后一点儿空气。这不是因为他想杀死自己或其他人，而是因为他的思维，因为思维自身的扭曲，导致他认为舱门外面的虚空才能拯救他。这一次，他的思维会有什么样的回应？这一次他能活下来吗？

另外两个人都没能活下来。他想不起他们的名字——或者说，就算能想起来，他也希望自己想不起来。其中一个人的喉咙被割开了，但奥瓦尔一直不知道是他自己割开的，还是另一个船员割开的。奥瓦尔确定，或者说几乎确定，他没有割开那个人的喉咙。可在他们救起奥瓦尔后，他们却拒绝回答奥瓦尔提出的任何与事情经过有关的问题。考虑到他的状态，这种做法大概也能理解。可显然，他们本可以在后来他恢复正常时回答这些问题。

另一个人产生了幻想，他觉得如果只有他一个人呼吸特定数量的空气，他的生存概率更大。他用蛮力进入底舱，还破坏了门锁。可底舱的空间比船的剩余部分小得多，这意味着大部分氧气都和奥瓦尔一起在外面，剩下的少部分和那个人一起在底舱。这大概就是奥瓦尔能活下来的唯一原因。他再次确定，或者说几乎确定，自己没有强迫对方进入底舱，也没有破坏门锁。尽管他不得不承认，自己难以回忆起整个经过。

他记得最清楚的是：当那个人不再试图离开底舱时，他的手按在了门板上的强化玻璃上。那只手只是停在那里，看起来和平常一样，然后变得略微干瘪。最开始是指尖，然后慢慢地，整个手掌都变成了蓝色，直到奥瓦尔自己变得疯疯癫癫，无法集中精力，自然也顾不上那只手了。

他在和格里莫交流，他想帮忙。"注射适当剂量的人工吗啡。"他建议道。格里莫摇摇头。

"不行，你听我说，"奥瓦尔说，"我们给他们注射镇静剂，让他们浅浅地呼吸。他们就能消耗更少的氧气。除了我们俩中的一个人，其他都注射镇静剂，留下的那个人给另一个人注射。"

格里莫还是摇头。他坚称："我们有足够的氧气，可以活下来。"

"可如果你的计算是错的呢？"

"我算得没错。"格里莫说。

"可如果……"

"这都是没用的猜测。"他说，"我们没有吗啡，不管是人工的还是其他什么的。"

他坚持亲自检查医药箱——毕竟，他是安保主管，这个头衔赋予了他权利——但格里莫说得没错，那里面什么也没有。是包里从来就没有吗啡吗？还是有人偷走了吗啡，不管是在这个项目还是其他项目进行过程中？答案是什么不重要。至少现在不重要。

还有其他办法能让他们活下来。肯定有。他要做的，就是想出这些办法。

詹森和刘易斯轮流修理发电机的电机，修理的同时也在清理。

耶格尔、戈登和达勒姆把大部分时间用在了钻探机上,他们想拆掉外壳的同时保证里面的电机完好可用。谁也没有取得进展。

"我在做什么?"奥瓦尔心里忍不住想,"四处闲逛,到处看看。"

"威尔金森和李在哪里?"他想知道,过了一会儿,他在一个走廊的拐角处看到盘腿坐着的两人。他们在窃窃私语,轮流拍对方的胳膊、脸和手。

"奥瓦尔,奥瓦尔!"李用嘶嘶的声音叫他,"过来。"

"怎么了?"奥瓦尔说。他小心地接近他们,手部放松但做好准备,以防万一。

"我们能相信你吗?"威尔金森问。

"当然。"奥瓦尔说。

"不,我是认真的。"李说,"我们真的能相信你吗?"

奥瓦尔耸了下肩。"我不知道。"他说,"你能吗?"

两个人对视了一会儿,终于,威尔金森轻轻点了点头。"是的,我们可以。"李说。"只是这个。"他说着话,神情烦躁,然后又做了次手势。"走近点儿,"他小声说道,"再近点儿。"

奥瓦尔弯下腰,让耳朵靠近他们满是胡须的脸和他们干裂、颤抖的嘴唇。"什么事?"他又问了一遍。

"只是这个,"李说,"你知道空气吗?"

"空气?"

"一点儿问题也没有。"李说。

"那是什么问题?"

"粉尘。"威尔金森说。

李拍了拍奥瓦尔的肩膀。"没错,"他说,"粉尘。"

"到处都是。"奥瓦尔说,"对,你已经跟我说过了。"

"但那只是问题的一部分。"李说。

"只是问题的开始。"威尔金森说。

"你会问,剩下是什么?"李说。

"我没有……"奥瓦尔说。

"剩下的,"李一边说着,手指甲一边抠进奥瓦尔的肩膀里,"粉尘就是一。"

"一。"奥瓦尔让自己的声音保持冷静。

威尔金森点点头。"你知道我们怎么把自己的细胞保持在体内,让自己像个袋子一样吗?没有袋子,就会出现粉尘。这还是一个东西,只不过撒得到处都是。"

这段对话让他产生了一种奇怪的不安感。他们多疑、紧张,甚至是在妄想。可他心里有一个小小的声音在问:"假如,假如他们说得对呢?"假如粉尘真的有问题呢?假如电机坏了不只是运气不好?格里莫的电脑坏了不只是运气不好?还有通信系统,就像格里莫现在承认的那样,也坏了,假如这也不是运气不好?这是对他们的设备的一次缓慢、看不见又系统化的摧毁。被什么摧毁呢?被粉尘。如果人类可以将细菌吸收到自己体内、吸收进自己的细胞里,谁又敢说反过来不是真的呢——也就是说,某种意识并不需要一个身体去容纳自己?上一次缺氧时他不是相信,意识不是某种存在于体内的东西,而是像汗水一样游弋于皮肤表面的东西?如果有东西把汗水弹走了呢?去哪儿了?

他晃晃脑袋。不,他不相信。他只是在找一些能让自己分心的事。

IV

通风设备坏掉三天后,奥瓦尔做了一个梦。他被困在一个加压金属球里，周围都是水。他孤身一人，喘不过气。他知道有一个呼吸设备，还有一个碱石灰洗涤器，可当他打开设备时，水却渗了进来——他能感觉到耳朵里的压力越来越大。他迅速关掉了设备。他检查了回路，也检查了管子，但没发现任何问题。可当他重新打开设备时，冒出来的又是水，不是空气。

他关掉设备，但为时已晚。球体的金属在他身边发出咯吱的响声。球体一边出现凹陷，舷窗顶部形成的一滴水慢慢滚落下来。他的头感到刺痛，耳朵和脖子下方有了一种湿乎乎的感觉。他伸手摸这片潮湿，他发现那是血。又是一声闷响，又是一个凹陷，紧接着是更多的响声和凹陷，这个被压扁的金属球最后只比他的身体略大一些，而他脑袋里的压力还在不断增加。

醒来时，他发现耶格尔在黑暗中跪在自己身边，晃动着他。他把那个人推开，心脏怦怦地跳。

"天啊，耶格尔。"他小声说，"你吓死我了。"

耶格尔把手指放在嘴唇上。"他们死了。"他说，"你得过来。"

"谁死了？"他问。

"快来。"耶格尔小声说。然后，他走了出去。

奥瓦尔迅速穿上衣服。有人在其中一个床铺上坐着，看着他，可入口处传来的光线不够强，奥瓦尔看不清那是谁。

他伸手去摸枪套，却发现里面是空的，他的枪没了。他骂了句脏话。一个声音问了他什么问题，可他听不清。他看了看枕头下面，又跪在地上在床下寻找。枪肯定没了，现在也无能为力。他迅速从门口走了出去。

耶格尔已经走到走廊中间，停在那里。看到奥瓦尔后，他继续向前走，绕过地上的箱子。

到底怎么回事？奥瓦尔心想。

他看到耶格尔转了个弯,自己也跟了上去。在转弯处走到一半时,他逐渐清醒,思维也变得更清晰。

耶格尔不能算我们中状态最稳定的人。他心想。其他人都在睡觉时,奥瓦尔在走廊跟着他算什么?这个人要把他带到哪里去?耶格尔做了什么?谁死了?为什么?

他心里想:我有危险吗?

缺氧。他想道。然后像念咒语一样重复:"头疼,疲劳,呼吸急促,恶心,兴奋。"幻觉呢?还有多疑?那都是症状。

他晃晃脑袋,一笑了之,继续向前走。为保险起见,在墙角转弯时他还是小心翼翼。耶格尔已经在下一个转弯处等他了。他朝奥瓦尔疯狂挥手,然后消失在转弯处。

好吧,又是右转。他在带着我绕圈。奥瓦尔心想。

他开始寻找武器。他从地上抄起一根管子,拿在手里掂了掂重量。这个能用。

他向右转弯,以为能在下一个转弯处看到耶格尔。相反,他只看到对方站在机井入口,很犹豫的样子。当他看到奥瓦尔时,他只是点点头,然后直直盯着机井的入口。

奥瓦尔靠近时,耶格尔用手电指着他。"在下面。"他说。

"是谁?"他问。

但耶格尔只是摇摇头。

奥瓦尔迟疑了一下,然后接过手电。他朝下看去。转身向后看时,他能看到耶格尔站在那里,靠在入口的墙上,等着,一动不动。

他向前移动,让手电光照在自己前方更远的地方。那里只有岩石,因为粉尘略微变色,某些地方因为石块材质或者因为钻头的切入角度而发出光亮。随着眼睛适应这个环境,他能看到一道亮光,慢慢看清后发现,那是钻探机的弧线。除此之外就是机井,没有别的东西，没有什么异常。

至少最开始没有异常。随着他继续向前，他能看到隧道地面上有一条变色带。最初他想不到那是什么。可突然间，他意识到那是血。

他伸手向下，摸了最亮的地方。还是湿的，但有些黏手。这血开始凝固了。沿着隧道继续向深处走，他能看到那道血迹围绕着钻探机。血越来越多，多到他敢肯定这些血迹的主人已经死了。

他踮着脚向前走，举起了手里的管子。

绕着钻探机走到一半时，他看到一个人的脚。其中一只脚穿着鞋，另一只则是光着脚。两只脚的角度很不一样，仿佛不属于一个身体一样。他继续向前，看到了腿，接着看到了那个人有着深长伤口的胸膛。他能闻到血的味道，还能闻到钻探机轮胎的橡胶味和粉尘。这三种东西混合在一起，气味比只有血难闻得多。那个人的喉咙从耳到耳被割开，伤口又深又重，他的脑袋几乎都被割掉了。脑袋也是，一侧遭到重击，被打得稀烂，能看到碎骨头和粉尘混合在一起。奥瓦尔很难把这个身体看作一个人，尽管他知道那肯定是个人。他用了一段时间才看出那是谁。是威尔金森。

他感到头晕。他站起来，倒退几步。他闭上眼睛。直到听到身后传来轻轻的脚步声时，他才睁开眼睛。转身后他看到耶格尔，就像一个模糊的鬼魂。

"你杀了他？"奥瓦尔问。

耶格尔摇摇头。他的眼睛在黑暗中看着很亮，空荡荡的。奥瓦尔心想：如果他没杀人，为什么把我引到了尸体边？除非特别聪明，或者非常疯狂，否则他不会这么做。

他清了清嗓子。"这里只有一具尸体。"他说，"可你说的是'他们'。"

耶格尔点点头。他转过身，沿着机井向上爬去。

这一次，奥瓦尔选择寸步不离。耶格尔不需要转身等他，不需要劝他。他领着奥瓦尔来到机井尽头，然后来到大厅，回到通风系统旁边。在那里，他停下了。

有那么一会儿，奥瓦尔看不到他。或者说，耶格尔没有站在正确的位置上，而且过早停下了脚步。奥瓦尔站在那里等待耶格尔继续向前，当后者没有移动时，他自己向前走了一段，看到了打开的检修门，里面有血。

他蹲下来，朝里面看去。尸体被野蛮地挂在电机外壳上，这个样子可以明显看出背已经断了。这具尸体的喉咙也被割开，这次的伤口更加参差不齐，但没之前那么深。腿看起来没有骨折，头也没有被打。两只眼睛被切掉了。他很确定，这是李。因为血在下半段身体越积越多，这个人原本就瘦的脸显得越发瘦削。

奥瓦尔伸手摸了摸尸体的脸颊。有种蜡质感。他不知道这意味着什么。他把手伸进检修门，抓住一条胳膊后想在肘关节处弯曲。这条胳膊最初有点儿僵硬，但被弯过去后停留在新的姿势上了。他知道，这能告诉他尸体的死亡时间。

"你不是在污染证据吗？"耶格尔在身后问他。这话很难让人不畏缩。

"我只是想知道他死了多久。"他说。

"哦。"耶格尔说。就在奥瓦尔继续摆弄李的胳膊时，耶格尔问道："他死了多久？"

"我不知道。"奥瓦尔不情愿地承认。他放下李的胳膊，伸头进了壳体内部。由于脸离尸体很近，血腥味变得更加浓重。他打着手电四处看，想知道自己该不该把尸体拽出来，近距离再看一看。

"是同一个杀手吗?"耶格尔问。

"为什么不是呢?"奥瓦尔问。然后他接着说:"你为什么觉得我会知道?"

"你负责安保。"耶格尔简单地说,"你本来就该知道。"

我本来就该知道。奥瓦尔心想,如果真是那样,那我们就有麻烦了,因为我什么都不知道。

"在这儿等着。"他对耶格尔说,"我马上回来。"

格里莫用了一段时间才打开门。开门时,他裹着毯子,头发乱糟糟的。

"你知道现在几点吗?"格里莫烦躁地问他。

"不知道。"奥瓦尔说,"你知道吗?"

"不确定。"格里莫承认,"但我确定我们俩都该睡觉。"

"我们遇到问题了。"奥瓦尔说。

"除了通风系统?"

奥瓦尔点点头。"两个人死了。"他说。

"死于什么?自杀?"

"有人杀了他们。"

有那么一会儿,格里莫只是盯着他。然后,他开始慢慢关门。

"等等。"奥瓦尔用脚挡住了门,"你没听到我说什么吗?"

"我跟你说过不要告诉他们。"格里莫说,"可你听了吗?不,你没有。"

"这不是我的错。"奥瓦尔说。

"你负责安保。"格里莫说,"这是你的错。"

"我该做什么?"

格里莫叹了口气。"确保不会再有人被杀。"

"可这能解决现有的什么问题?"一头雾水的奥瓦尔问道。

"你有什么毛病?"格里莫问,"我们距离氧气耗尽还有很多天。你的脑子应该更清醒点儿。"

可脑子不清醒的可能是格里莫,奥瓦尔心想。"我们需要解决这些谋杀案。"他说,"他俩对粉尘都很执迷。"

"粉尘?"格里莫说,"这又有什么关系?"

"他们觉得粉尘会思考。"

格里莫摇摇头。"那太荒唐了。粉尘怎么思考?"

"我不是说粉尘能思考。"奥瓦尔说,"我只是说,他们是那么想的。"

格里莫叹了口气,揉了揉自己的脸。"不要试图解决任何问题,你只会让情况变得更糟。你不是警察,你只是个名誉保安。"

奥瓦尔叹息一声,从门边抽回了脚。

"往好了看。"格里莫说,"不管我的计算对不对,现在我们有很多空气了。"然后他关上了门。

……

没错。奥瓦尔在回去的路上心想,确实是这样。两个人死了,意味着有足够的空气。他们可能已经进入了头疼阶段,但他们可能能在出现幻觉前得救。或者说,能在出现最严重的幻觉前得救。

有时候,他感觉自己正在经历曾经经历过的事情。一个人究竟要有怎样的运气,才能两次陷入没有足够氧气的境地?他到底有什么问题?

抵达休息区入口时,他还在思考那个问题。耶格尔已经在那里等他了。

"你知道是谁干的吗?"他问道。

奥瓦尔摇摇头。"我记得我跟你说过,让你和李一起等。"

"你需要别人帮忙搞明白这件事。"耶格尔说。

"我不需要搞明白。"

耶格尔的胳膊突然不动了。"为什么?"

"他们很快就会到了。"他说,"等他们到了,会有受过培训的人解决这事。有合格的调查员去做这事。"

"他们会吗?"耶格尔问,"按我的经验,他们不会。"

奥瓦尔耸耸肩。"格里莫是这么说的。"

耶格尔点了一下头。"到那时证据不是就没了吗?"

"我不知道。"奥瓦尔说,"也许吧。"

"这儿有个杀手,现在就有。你怎么说?"

"我会避免让更多人被杀。"奥瓦尔说,"这是我该做的事。"

耶格尔张开嘴,但又闭上了。最后,他又张开嘴说:"你难道不觉得,阻止杀戮的唯一办法是抓住杀手吗?"

剩下的人聚在房间里,说着话。当他走进去后,他们不再说话,然后试探性地提出了和耶格尔一样的问题。谁干的?为什么?他准备怎么抓住他们?奥瓦尔躲躲闪闪地做出回答。这时他意识到,暗示自己无意侦破凶杀案没有一点儿好处。

"我们不该去搬尸体吗?"詹森问。

奥瓦尔摇摇头。"要等到他们彻底调查之后。"

"那是什么时候?"詹森问。

奥瓦尔耸耸肩。"等船到这里。"

"那你有什么建议,让我们避免被杀?"戈登问他。

"团结在一起。"奥瓦尔说,"永远以团队形式出现。这是保证活下来的唯一办法。"

V

然而，奥瓦尔却是最早违反这个建议的人之一，回去睡觉前，他选择独自一人去大厅巡逻。他希望自己找到什么？现在只有格里莫加另外五个人，再加他自己——他不可能突然找到一个可以扣上谋杀罪名的新人。不，肯定是他们中的一个人。每个人都有嫌疑。他唯一确定的是，凶手不是他。

就连耶格尔也有可能是凶手，尽管是他让奥瓦尔关注到了谋杀。带着奥瓦尔看尸体可能只是他的计策。

所以说，不管氧气耗尽与否，他都开始多疑了。当然，在其他人眼中，他也有嫌疑。也许他们认为，这就是他不愿意调查谋杀案的原因：因为他就是凶手。

这会让接下来的几周过得很难，但他们也无能为力。他们只能坚持，直到得救。

他抵达机井，停了一会儿，尽管知道自己会看到什么，但他还是沿着机井向下。向下走的过程中，他脑子里想着尸体，然后看到尸体出现在眼前，这种感觉非常奇怪。他先是看到喷溅出来的血迹，这些血迹如今已近干涸，颜色比之前更暗。尸体的位置比他记忆中更靠深处。他用光线照着尸体，仔细看着。看起来和之前一样。我为什么会在这里？他想，我希望自己实现什么目的？

他自己也不知道。他盯着尸体看了一会儿，想把这个场景刻在脑子里。这算证据吗？这保留了任何证据吗？对真正想侦破谋杀案的人来说，这具尸体不会更有用吗？

他不知道答案。

他也检查了另一具尸体，也就是以奇怪的姿势挂在通风系统电机外壳上的那具尸体。弄到上面肯定很难,他心想,肯定需要不少力气。谁有这么大的力气?他还是不知道。可能是他们中的任何一人,也可能不是。可能是在机井里工作的那些人——他们已经习惯了体力劳动。那些测试样本的人:也许可以,也许不行。

他的手电光必须从特定角度打过去才能看清尸体。他还是想把尸体的样子记在脑子里。他不确定自己想做什么,但有事做的感觉总是更好。

他原以为能在走廊里见到耶格尔,但他没有见到。耶格尔也不在宿舍里。奥瓦尔又去了一次,可还是没找到他。也许他们只是互相错过了。也许他去找格里莫了,或者故意藏起来了。奥瓦尔不知道自己该不该去找耶格尔,所以他最后什么也没做。

回到宿舍,剩下的人已经散开,各回各床。他们要么在睡觉,要么假装在睡觉。他确定他们都在那里:詹森、刘易斯、达勒姆、戈登。还是没有耶格尔。

詹森的眼睛微微张开,在黑暗中,奥瓦尔能看到他的眼睛闪烁的光亮。

"看到耶格尔了吗?"奥瓦尔小声说道。

詹森从床上坐起来,摇了摇头,小声说:"他没跟你在一起吗?"

奥瓦尔摇了摇头,慢慢移到自己的床边。他在那里站了一会儿,犹豫着,然后坐了下去。他想到了自己脑海里的那些尸体。其中一具尸体上有什么东西让他困扰,可还没等他确定是什么,詹森就来到了他的身边。

"你不该出去找他吗?"他问道。

"我已经找过了。"奥瓦尔说。

"是耶格尔干的吗?"

"干的什么?"

"杀的人。"詹森说,"李和威尔金森。"

"耶格尔?"奥瓦尔惊讶地说,"不,我不觉得是他。"

"他有不在场证明?"

"不在场证明?不,不算有。"

"那你怎么能排除他的嫌疑?"

"不。"奥瓦尔慢慢地说,"我不能排除他的嫌疑。说实话,谁的嫌疑我也不能排除。"

"连我也不行吗?"

"连你也不行。"

"我没干。"詹森说。

"睡觉吧,詹森。"奥瓦尔说。

"如果我睡了,"詹森说,"我怎么知道自己还能不能活着醒来?"

空气好像堵住了一样,紧紧堵在奥瓦尔的喉咙里。在黑暗中,他听着自己的呼吸声,想象自己的肺里全是粉尘。也许耶格尔就是杀手。也许是其他人中的一个。或者说,粉尘就是凶手。他有种模模糊糊的感觉,自己就在窒息的边缘。睡着的感觉有点像溺水。

VI

睡醒时,他觉得自己听到了什么,可又不太确定。他头疼,就像被一道光击中那样疼。有些人也动了起来。戈登的床是空的。

他坐起来,穿上靴子。

"这是什么?"旁边一个黑影问他。大概是戈登。

"不知道。"奥瓦尔说,"我觉得我听到了什么。"

"等等。"刘易斯有点惊恐地说道,"我们跟你一起去。"

可他已经到大厅了。他听到一个噪声,非常大的噪声:吵醒他的就是这个声音。除非他是在做梦。

在大厅里,他闻到一股微弱的无烟火药味。所以说,这不是梦。他沿着一个方向走下去,在意识到这种味道越来越微弱后又退了回来。其他人正聚集在门口。

"那是什么?"詹森又问了一遍。

"枪声。"他简单地回答,然后继续向前走。

是戈登还是耶格尔?他心想。他们是唯一选择,其他人都在宿舍里。要么是耶格尔对戈登开枪,要么是戈登杀了耶格尔。也有可能是其中一个人杀了格里莫。

他转了个弯,在箱子之间穿行。这些箱子之前就是这样摆放的吗?他都走过去了,才反应过来自己看到了什么,于是他又绕了回去。就在那里,一具尸体就这样被直直地塞在中间。尸体的脸面对墙壁,他看不清楚是谁。

"喂?"他听到大厅另一头传来一个声音,"谁在那里?"

他躲在一个箱子后面,心脏跳个不停。"戈登?"他大声喊道,"是你吗?"

"奥瓦尔?"那个声音说,"是你吗?"

他听到那个声音的脚步声越来越近。他全身紧绷,等待着。

"我好像听到了一声枪响。"那个声音说,现在距离他更近了,"你在哪里?是我,格里莫。"

确实,他反应过来了,那是格里莫——他应该立刻就认出他的声音的。他走了出来,和他见面。

"是你开的枪吗?"格里莫问。

"是其他人。"奥瓦尔回答。

"不是你?你是唯一有枪的人。"

奥瓦尔摇头否认。"我的枪丢了。"他说。

格里莫皱起眉头。"你这个保安可真行。"他说,"谁拿走了?"

"我不知道。"奥瓦尔承认,"大概是耶格尔,除非那里的人是耶格尔。"他指了指夹在箱子中间的尸体。"如果那是他,拿走枪的就是戈登。"

格里莫走得更近了,他眯起眼睛。"妈的,"他说,"那是尸体吗?"

奥瓦尔没有回答,而是动手挪动箱子。那具尸体保持了一会儿平衡,先是靠着墙,然后慢慢开始打转,最后倒在地面。箱子间的空隙中没有枪,墙上还溅有血迹。这绝对不是自杀。

"那是戈登。"格里莫说。

"那就是耶格尔拿了我的枪。"奥瓦尔说。

"你他妈的怎么让耶格尔拿走了你的枪?"

"他反正就是拿走了,在我没意识到的情况下。"奥瓦尔说。

"你干吗那样拍自己的胳膊?"格里莫问。

"什么?"奥瓦尔说。他惊讶地低头看到了自己正在动的手。"他妈的就是粉尘,这东西沾得哪儿都是。"他说,"好像活的一样。"

格里莫摇了摇头。"那就是粉尘。"他说。

奥瓦尔问他:"你怎么知道?"他的声音变得更大,他控制不了自己。"你怎么确定那东西就不会影响我们?"

"因为那就是粉尘。"格里莫言简意赅,"我要回我的房间了。尽量别再让其他人死了。"

回到其他人身边后,奥瓦尔对他们解释,戈登死了,耶格尔不见踪影。一切迹象表明,是耶格尔杀了戈登和其他两个人。

"所以你破案了。"詹森说,"很快啊,耶格尔就是杀手。"

"耶格尔不会干这事。"刘易斯说。

"就是耶格尔。"奥瓦尔回答。

"那他人在哪儿?"刘易斯问道。

奥瓦尔耸耸肩,他说:"藏起来了。"

"藏在哪里?"刘易斯问。

"你干吗拍自己胳膊?"詹森问道,"你冷吗?"

奥瓦尔费了好大劲才停下来。"我不知道在哪儿。"他说,"我在找他。"

"我们怎么知道不是你杀的他们?"达勒姆问。

"我为什么要干那事?"奥瓦尔反问。

"那为什么是耶格尔?"刘易斯问。

"不。"詹森慢悠悠地说,"达勒姆,你听到了枪声。戈登被杀时奥瓦尔人在这里。"

"他可以设计好,"达勒姆说,"做个机关什么的,让枪自动射击。只要他是第一个到达尸体身边的人,他就可以把机关藏起来。"

"别那么多疑。"詹森说。

"已经死了三个人了,"达勒姆说,"不多疑我们才是傻子。"

"小心点儿。"奥瓦尔说,"待在一起。这是最佳选择,是让你们能活下来的办法。"他朝门口走去。

"你要去哪儿?"詹森问他。

"去找耶格尔。"

他去大厅找了,下机井找了,后来又开始翻箱子,可这个失踪的人没有留下一丁点儿痕迹。他在哪儿也找不到耶格尔。这怎么可能?他肯定在什么地方。最终,奥瓦尔回到了宿舍。每个人都在假装睡觉。

"耶格尔回来了吗？"他问。

没人回答。把这当作否定回答后，他又出去了。

他靠在研究区的样本桌上思考。耶格尔可能在什么地方？他有可能藏在其中一个箱子里，因为奥瓦尔检查得不够仔细而没被发现。或者说，耶格尔只是用一种特别的方式在大厅里走动，故意避开奥瓦尔。这么做很难，但不是不可能。

他也有可能在格里莫的房间里。

耶格尔可以在格里莫听到枪响后出来查看时溜进去。也许他还在那里藏着。

但是不对，奥瓦尔心想，他在脑海里想象那个房间的样子，那里面没地方可藏。如果他在那里，要么他用枪劫持了格里莫，要么格里莫已经死了。

怎么做这件事最好？他站在格里莫房间门外，犹豫了半天，最后终于轻轻敲了敲门。没人开门。他把耳朵贴在门上，里面没有动静。也许是耶格尔藏着不动，也许他已经离开了。奥瓦尔又敲了敲门，这次声音更大。还是没人开门后，他慢慢按下门把手，打开门，溜进房间。

房间很黑。他用手电照着墙壁，慢慢地查看。这里没有人，至少没人站着。他朝里面走了几步，手电向下，在办公桌后面看到了格里莫的临时床铺。床上有一个人的形状，大部分被毯子包裹，面向墙壁。

他以极慢的速度靠近过去，光线大部分被挡住了，只能照出一个模糊的轮廓。他更靠近了一些，最终跪下来，一直爬到非常接近、近到足以基本确定那不是耶格尔的程度。那一定是格里莫。

奥瓦尔心想，耶格尔杀死了他。他不确定自己听到的声音是这个身体，还是自己的呼吸声。他屏住呼吸，但这个声音并没有

· 115 ·

停止。

他伸出手,轻轻摸了下对方的脖子。还是温的,他还活着。他收回手,可那个身体已经在动了,在半黑暗的环境中就是一个模糊的形状。什么东西狠狠打在他脸上,他倒向一边,手电咣当一声掉在地上。他的肋骨又被狠狠打了两下,他突然变得无法呼吸,那个身体骑在他身上,用手抓住了他的喉咙。一切都变得越来越黑,随后,世界像是被关上了窗户,彻底停下了。

有一道光线。慢慢地,他的视线终于汇集于一点。格里莫俯身在他上方,近距离看着他,脸上露出一种厌恶的表情。

"醒过来了?"他问。

奥瓦尔只是发出一声呻吟。

"我本可以杀死你。"格里莫说,"你在想什么?"他伸出手,帮奥瓦尔坐起来。奥瓦尔又呻吟了一声,他的头突突地跳着疼。"你不能这么做。"格里莫解释道,"我以为你想杀我。"

"我以为你可能死了。"

"你就是这么确定我是不是死了?"他说,"你脑子里在想什么?你知道我们那样打斗会耗费多少氧气吗?"

"我在找耶格尔。"奥瓦尔说。

"耶格尔?他为什么会在这里?"

"我们找不到他。"

"你肯定没找到对方。"格里莫说。

"我们什么地方都找过了。"

"显然没有。"格里莫说。他扶着奥瓦尔站了起来。"去他真正有可能去的地方找找。"他说,"干好你他妈的工作。"

干好我的工作。奥瓦尔心想,他有点儿头晕,脑子有点儿乱。

"干好我的工作。"他回到宿舍，躺了下去。其他人都在床上，都是黑暗、一动不动的形状。他们大概都活着，没有理由认为他们不是活的。只要他不知道他们死了，他就可以把他们当作是活的。

他在昏暗的环境中凝神思考。"你知道我们那样打斗会耗费多少氧气吗？"他在脑子里又听到了格里莫的这句话，又一次看到了他掺杂了担心和厌恶的表情。他想到了慢慢减少的氧气，充满粉尘的空气，通过这些扭曲的神经通路，他又跌跌撞撞地回到了上一次自己遇到氧气将要耗尽的时候。那时到底发生了什么？他应该负多少责任？他没有杀死其他人；他确定，或者说几乎确定自己没有割开第一个人的喉咙。至于死在底舱的那个人，有错的是他自己。但奥瓦尔并没有尝试救他出来。

他深吸一口气，又呼出一口气。更多的氧气被用掉了。

他晃了晃自己的脑袋。不行，他不能那样想。距离空气耗尽还有几天时间。这次不会像上次那样：他们还有足够的氧气，可以撑到公司派人来救他们。

可在这时，他的脑子又响起了格里莫的话。他为什么那么说？现在已经死了三个人了，应该没有危险了：他们有了更多的空气。

所以，格里莫为什么担心呢？

他也在不断地想通风系统，想到被塞在里面的尸体。更准确地说，他并没有想，他只是在自己的大脑里一遍又一遍地看到那个画面。每一次的感觉都有点儿不一样，好像他的大脑在做修改一样。

这一切，这些在他的大脑里反复出现的东西，到底意味着什么？这些是怎么一起出现的？他不知道。他盯着黑暗，希望自己能从中找到一个模式。可他什么也看不到。

然后，突然间，他看到了。

VII

他起身穿上靴子。他没有故意隐藏自己在做什么，只不过他的动作声音很小。他拿起手电。如果其他人要说什么，那就让他们说吧。如果他们不说，如果他们只是假装睡着，那就这样吧。

他走到大厅，找到通风系统。到达后，他跪下来，向上看着管道。尸体就在那里，和之前一样——或者说几乎一样。没错，这就是他一直想搞明白的事情：那是具尸体，但不是他第一次看到的那具尸体。尸体的头被扭到背对他的方向，但他可以轻松把手伸进管道，抓住尸体的头发后猛拽。一阵沙沙的响声后，这个头转了过来，露出了耶格尔的脸。

他来回拽了几次尸体，直到尸体松动、掉在地面。他的枪也随着尸体一起掉落下来。回到管道里，更深处是另一具尸体，那具眼睛没了的尸体。凶手很聪明，他把耶格尔的尸体藏在了其他人想不到的地方：他把耶格尔伪装成了另一具尸体。但他也很粗心。如果他拿出李的尸体，把耶格尔的尸体放在上面，奥瓦尔绝对想不到他会这么做。他会认为耶格尔跑了，而凶手实际上另有其人。

他检查了耶格尔的尸体。尸体没有中枪。耶格尔脑袋的一侧是软的。他的脖子上也有记号，是手指留下的淤青。他是被勒死的，大概在戈登被杀很早以前就被塞进了管道。有人杀了耶格尔，又把李的尸体塞在更高的位置，然后把耶格尔推了进去，最后又杀了戈登。

奥瓦尔检查了枪里的子弹。还剩五发。他把枪收进枪套。现在，轮到我去找凶手了。他心想。

几分钟后,他敲响了格里莫的房门。现在是几点了?是早还是晚?他也不知道了。

他听到里面有声音,但不知道说的是什么。他试了试门把手,但门锁住了。他又敲了下门。

现在,他听到里面有人在耐心地做动作。他试着想象格里莫揉眼睛,起床,穿衣服,走到门口这一系列动作。

"谁?"格里莫的声音从里面传出来。

"奥瓦尔。"奥瓦尔回答。

"你想干什么?"

"想进去。"

对方沉默了好一会儿。"现在几点?"格里莫终于开口。

"又有人被杀了。"奥瓦尔说。

起初,什么也没发生。然后,门锁响了一声,门被打开了。

"谁?"格里莫问道。奥瓦尔看到,他的眼神满是好奇,可当奥瓦尔说出"耶格尔"时,他有了些变化。

"哦。"格里莫说,"我明白了。"他挥手示意奥瓦尔进屋。"你的工作做得不怎么样,是不是?"他说。

"正好相反。"奥瓦尔说,"我知道是谁杀了他们。"

格里莫停下了。他转过身。看到奥瓦尔用枪指着自己,样子非常认真,他很惊讶。

"你是凶手?"格里莫说。

"我?"奥瓦尔说,"不,当然不是。是你。"

格里莫慢慢地摇了摇头。"你疯了。"他说,"你搞错了。"

"别想迷惑我。"奥瓦尔说,"只能是你。"

"是吗?"格里莫说,"为什么?"

"别说了。"奥瓦尔挥着手枪说,"听我说。戈登被杀时,我们

· 119 ·

都在宿舍。除了你。"

"耶格尔呢？耶格尔在宿舍吗？"

"不在。"奥瓦尔承认，"他不在。但他已经死了。"

格里莫咽了下口水。"你确定戈登被杀时他已经死了吗？"

"你说什么？"

"你怎么知道凶手不是两个？也许耶格尔杀了戈登，然后其他人杀了耶格尔。"

"另一个凶手是谁？"

格里莫耸耸肩。"谁知道呢？可能是任何人。你看住所有人了吗？你时刻都盯着每个人吗？"

"你想搅乱我的思维。"奥瓦尔说。他舔了下嘴唇。他的嘴感觉特别干。

"不，"格里莫说，"我只是想让你头脑清醒。"

"他们为什么要杀耶格尔？"

"为什么我想杀耶格尔？"

"不对，"奥瓦尔说，"你说过。我听到了。"

"我说了什么？"

"你说，'你知道我们耗费了多少氧气吗？'"

"所以呢？"格里莫说。

"你为什么在意？"

"我为什么在意？"

"其他人死了，我们就有足够的氧气，能活下来。我们浪费多少氧气不重要。"

格里莫又一次露出了惊讶的表情。"这就是你的证据？"

"你说谎了。"奥瓦尔坚称，"你跟我们说这里有足够的氧气，但你知道，如果其他人想活，我们中的有些人就必须死。你知道你能杀死他们，而我，因为上一次外派工作的经历，我就会成为替罪羊。"

"你上一次外派发生了什么?"

"你知道的。"奥瓦尔说,"氧气短缺。除了我,其他人都死了。"

格里莫摇摇头。"这些我都是第一次听说。"

奥瓦尔试着回忆。他跟格里莫说了多少?他记不太清了。

"距离你上一次睡觉过去了多久?"格里莫问他。

"那不重要。"奥瓦尔说。

"这很重要。"格里莫坚定地说,"你恐慌了,你已经变得多疑了。空气有问题,里面有粉尘。你让这影响到自己了。"

"是吗?"他摇摇头。他觉得头疼。

"奥瓦尔,"格里莫温柔地说,"你没看到吗?我用了那么多天算出来我们有多少氧气,确定这些氧气能支撑多久。就算我知道我们有足够的氧气可以活下来,我脑子想到的第一件事就是氧气,这难道不合理吗?"

奥瓦尔看着他,手里的枪在抖。发现耶格尔时,他曾经那么确定。现在,他不确定了吗?

"这都是误会。"格里莫说,"我理解你为什么觉得是我,但显然,现在你明白自己错了吧?"

奥瓦尔没有回答。是啊,假如你错了呢?一部分的他这样想。独自一人时,他都想清楚了,可是现在,听着格里莫这么镇定地说话,他不再确定了。

可如果不是格里莫,那会是谁?

不,肯定是格里莫。只能是他。

"奥瓦尔。"格里莫说话了,他的声音很平静,"把枪放下。"

"不。"奥瓦尔说。

格里莫慢慢伸出手臂。"你要因为我一时口误就杀了我?"

"那不是口误。"

"你疯了吗？那就是证据？那点证据真的够吗？"

"我只有这些。"奥瓦尔绝望地说。当他看到这时已经充满自信的格里莫准备继续说话，准备说服他不要杀自己时，他扣动了扳机。

VIII

他把枪放回枪套。他的耳朵里仍然有枪声的回响，房间里也有股火药的味道。也许我该等一等。奥瓦尔心想，也许我该想办法不让他动，绑住他。可如果他真这么做了，格里莫就会说服其他人，让其他人以为奥瓦尔疯了。到时候，还没等他反应过来，格里莫就能重获自由，被绑住的就会变成奥瓦尔。

他的鞋上全是血，起初闪着亮光，后来随着沾上粉尘变得越来越暗。血溅到了墙上，地面上有一道血流。清理没有意义，要隐藏的东西太多了。

"这也不重要。"他对自己说，"我没做错什么。我刚杀了一个凶手。"

他的袖子上有血。他需要在其他人看到前换掉上衣。如果不换，他们会以为他是凶手。"可我不是凶手。"他告诉自己，"格里莫才是。"他几乎可以肯定，这就是真相。这几乎就是真相。尽管他承认，他没格里莫说话前那么确定，但他还是确定的。他又看了一眼房间，然后走出去，关上了身后的门。他对自己说："至少现在，事情结束了。"

"可这事真的结束了吗？"路才走了一半，他在心里已经提出了这个问题。如果他真的搞错了，把表象当成了真实呢？假如他杀的是一个无辜的人怎么办？他有没有办法确定凶手不再逍遥法外？

"不对。"站在宿舍门口,他对自己说,"没有办法确定。"说真的,他到底知道什么?其一,通风系统坏了。其二,他们的空气越来越少。其三,有人最终会来救他们。其四,他不是凶手。

其他的一切都是猜测。他需要保持清醒和警觉。他需要记住,这一切可能还没结束。如果还没结束,那么剩下的三个人都有可能是凶手。他需要小心地看着他们,把枪放在手边。

宿舍里的灯开着,灯光很暗,每个人的身上都因为粉尘出现了一圈奇怪的光晕。三个还活着的人都在那里。达勒姆坐在床边。刘易斯在桌边,似乎在写什么东西。詹森只是站着,胳膊放松,假装自己什么也没做。

可疑。奥瓦尔心想。

"你去哪儿了?"达勒姆问。

"哪儿也没去。"奥瓦尔说。他慢慢走向自己的床铺。现在怎么可能已经到起床的时间?夜晚到哪儿去了?

"你袖子上是什么?"詹森问。

奥瓦尔心想,是血,但嘴里却说:"什么也不是。"

他解开上衣的扣子,慢慢脱下衣服,然后挂在床边的架子上。一定是格里莫。他心想,一定是。可越想他就越不确定。

他让自己的动作显得简单、平稳,试图不让其他人猜到他在想什么。他解开枪带平放在床上,再脱掉鞋子。"不要多疑。"他告诉自己,"你的思维不对。这是缺氧的表现,是粉尘。"他把枪带推到一边,坐了下来。"睡会儿觉,你的脑子就能更清楚。"

可他根本没机会睡觉。

"你找到枪了。"刘易斯说。

从刘易斯的话中,他能感觉到对方有言外之意。刹那间,他明白了：他别无选择。几个小时内，这里就会多出三具尸体，接下来的几天，他一个人在这个地方游荡，慢慢变疯，脑袋里全是粉尘，氧气慢慢耗尽。最后，若是有点儿运气，格里莫的计算结果是正确的，船就会在空气耗尽前抵达。到时他能解释。"都是格里莫，不是我。都是因为粉尘，不是我。我不是凶手，我发誓。我能活着只是因为运气好。"

他眨了眨眼睛。其他三个人都在看他，一动不动，都在等着。詹森一脸镇定地站着，全身紧绷。他大概会带给奥瓦尔最大的麻烦，所以第一个要干掉的就是他。达勒姆现在也站起来了。对付他可能轻松，也可能很难，现在没法确定。一无所知的刘易斯还坐在椅子上，干掉他最容易。

"不是我。"他又对自己说。他假装随意地伸手，把枪带拉到自己怀里。"是的，刘易斯。"他说，"我找到枪了。""都是因为粉尘。"他练习着自己的说辞，试图说服对方相信。然后，他微笑着举起了武器。

熊　心™

I

唐纳夫妇，也就是迈克尔和莉莎，最初是在产科医生的办公室听说的熊心™，那是在莉莎怀孕四个月前的事。他们在咨询台边等候，排在一个孩子马上就要生出来的巴西女人后面。当前台接待想找到一个名叫玛丽的员工时——这个人显然能磕磕巴巴地说上几句葡萄牙语，迈克尔注意到接待室一侧窗户下摆放的宣传册和传单。那里有参加增重与怀孕研究的邀请，有一张运动课程宣传单。那里有介绍宫内避孕器和其他避孕措施的漂亮的三折宣传册，还有特制的高清超声波检测结果图，上面可以用粉色或蓝色线条打印出子宫里婴儿的样子，如果不想知道婴儿的性别，也可以选择黄色。

然后他看到了熊心™。它只有一张宣传单，看起来被人拿起过很多次，有些皱皱巴巴，下面还有可以撕下来的电话号码。上面写着："熊心™提供一种绝大多数保险都能理赔的超声检查。"他们不仅向客户提供常规的超声影像，只需要多交五十美元这一小笔钱，他们就能制作婴儿心脏的高分辨率录音机。这个录音机将会被放进一个设备，而后者会被缝进一个丝制心脏里。这个心脏将被放进一个泰迪熊，缝在它的胸腔里。如果用正确的方式挤压胸腔，录音机就会启动，可以播放三十分钟的心跳。

"送给新生儿的完美礼物!"这张宣传单的底部用大字写道,"睡在和自己有着相同心跳的泰迪熊身边,婴儿会非常舒适!给你的孩子一个礼物,让他在离开子宫后享受如子宫般的舒适吧!只需要五十美元!"

迈克尔咧嘴笑了,他把宣传单拿给唐纳夫妇的另一半——也就是莉莎,看着后者读了起来。

"很奇怪,是不是?"他说。

"这不可能对宝宝好。"莉莎说,"让自己的心脏同时在身体内外,这会把人搞糊涂。"

"亲爱的,"迈克尔说,"心脏也不是真在宝宝体外,那只是个录音机。"

"不管怎么说,你愿意和自己心脏的录音机一起睡觉吗?"莉莎说。

"我不知道。"迈克尔表示,"我怎么会知道?我又没试过。"

登记完进入候诊室后,两个人还在讨论这个话题。这就是一个聊起来很怪异的话题。进入诊疗室等待医生时,他们还在聊,医生来了之后也在聊。她将凝胶挤在莉莎肚子上,将一个口袋超声波检测仪按在上面。这个检测仪与她上衣兜里的一个小喇叭相连。她调大声音,他们听到了婴儿快速且节奏分明的心跳。

"有些人觉得这像马蹄声。"医生表示。

做完其他工作,测过身体指标、询问饮食情况又稍作讨论后,这次问诊便结束了。医生走了,迈克尔正在帮莉莎重新穿上衣服。

"也许我们可以录下马蹄声,再放进熊里。"迈克尔说。

"非常有趣。"莉莎说。

可在离开时,当他把信用卡交给前台支付医疗费的时候,迈克尔伸手从熊心™宣传单上撕下了一条电话号码。"只是当作玩笑,"看到妻子翻白眼时他解释道,"好让我们参加聚会时有故事可讲,这样我们就能说我们真的这么做了。"

就是由于这个原因,当他们的孩子在六个半月早产并夭折后,他们仍然有一个装着婴儿心跳录音机的熊。他们按照纸条上的号码打去电话,做了预约。一天晚上八点左右,他们去了一家人体成像机构,一个身穿灰色手术服、神情紧张的技术人员在门口迎接了他们,他为他们打开门,又在他们进去后锁上了门。他推着两人进入地下室里的超声检查室,迅速完成了超声检查。他把一个印有泰迪熊照片的活页画册放在他们面前,让他们从中选出一个。可按照宣传,现在还不到活页夹出场的时候。

"可那也不是三十分钟的心跳。"迈克尔表示。

"什么?"技术人员说,"哦,不是,我们只需要差不多十五秒。我们只需要录下来,循环播放就行。"

迈克尔不知道该不该抱怨。现在他觉得,来到这里是个错误;最初的玩笑,如今给人非常怪异的感觉。可他们陷入得太深了,他们已经进行了那么多流程,似乎做完这件事才是正确的选择。莉莎只是勉强忍耐着——这不是她想做的事,而是迈克尔想做的;在开车过来的路上,她已经非常明确地表达了自己的看法。现在,他想让她一起选出一只泰迪熊,她只是把画册推到一边。他快速翻看画册,可在选熊的问题上,他懂什么?他自己小时候甚至都没有这样的玩具。在他看来,这些泰迪熊看起来差不多。最后,他选了一个有着黑色小眼睛和深棕色皮毛、名为"安睡"的泰迪熊。做出这个选择的部分原因是,他觉得自己可以拿孩子和安睡熊一起睡觉开玩笑。

在他们离开前,技术人员收了迈克尔的五十美元,然后拿起他的医保卡,记下了号码。

"明天就能显示扣款。"他说。

"为什么?"迈克尔问他,"为什么不是今天?"

这个技术人员的神情有点遮遮掩掩。"我们就是这样,任何非医保项目都是在第二天才显示。"

然后,他们站在地面砖石铺得乱七八糟的停车场,看着那个技术人员锁上了大门。

那只泰迪熊出现在邮箱时,他们发现那根本不是深棕色的,更像是条纹状的浅棕色。泰迪熊的绒毛也不像他们描述的那样绵密,因为那根本不是绒毛,只是布料罢了。毫无疑问,那是一只廉价的泰迪熊。这只熊看起来也很旧,很像是那个技术人员买下了他在慈善二手店里看到的第一个二手玩具。

"就这个?"莉莎摸着肚子说。那时她已经怀孕六个月了。"太难看了。"

但是当迈克尔反复按泰迪熊的胸膛,想打开心跳声开关时,她也留了下来,准备听声音。他费了点工夫才成功,可当设备终于启动后,就连她也不得不承认,心跳的声音相当清晰。

"可就算这样,婴儿为什么要听这个?"莉莎问道。

迈克尔耸耸肩。他不知道怎么回答。他开开关关玩了一会儿心脏录音机,然后把泰迪熊扔到婴儿床的一角,好像让它等待婴儿到来一样。

不管怎么说,唐纳夫妇忘掉了泰迪熊。他们反过来开始为婴儿的到来做着准备。他们上网了解自己需要做什么,了解未来可能会遇到什么问题。他们在房子里放满了婴儿用品,逐渐适应了婴儿将要到来的想法。他们又做了一次超声检查,这次是在产科医生的办公室里,他们发现将要出生的是个女孩。迈克尔很意外——他以为是个男孩,而且一直以来都是这么想的。不过在那之后,他开始明白自己的孩子是女孩,也慢慢喜欢上了这个事实。

事实上，一切进展得都很顺利——用产科医生的话说，那是"教科书般的孕期"——可突然间，局面急转直下。迈克尔·唐纳下班回家，大声叫莉莎·唐纳的名字，但没人回应。他以为她出门了。他走进厨房，给自己倒了一杯酒。他摘下领带，放在了一把椅子的靠背上。他走进卧室，这时才看到她倒在地上，不省人事，她的大腿上都是血。

他打了报警电话，然后检查她是否还有呼吸。她还在呼吸。他拍打她，和她说话，摩擦她的手，直到她苏醒过来，可那时她还是很混乱，似乎不知道自己身在何处。然后她看到了血，开始变得歇斯底里，他只能做这些去控制她，直到急救人员赶到，给她注射镇静剂后把她送到了医院。

"有些时候，"几个小时后，儿科医生对他们说，"怀孕就是没有成功。"那不是他们的错，他们做什么也不会改变结果。有些时候，人的身体会决定让正在发育的胎儿离开。

"可我们听到心脏的声音了。"莉莎反驳道，"我们在监控上看到了她了，她是活着的。"

儿科医生摇了摇头。谁知道胎儿出了什么问题？有些事发生了，这些事阻止婴儿完全发育。他们不该责怪自己；他们只需要明白，一些事导致了这个结果。

可莉莎很难不责怪自己。毕竟，承载婴儿的是她的身体，所以她认为是自己的身体杀死了婴儿。迈克尔想安慰她，想拥抱她，但他很快意识到，她不想被安慰，也不想被拥抱。她只想独自一人哀伤。

接下来几天，她几乎没有下过床，迈克尔在这几天不得不强迫她吃饭。失去婴儿后他们被告知，由于孩子已经足够大，所以他们可以获得出生证明。于是，他们同时填写了出生证明和死亡证明，让孩子的出生和死亡有了一分钟的差别，即便在迈克尔看来，那个婴儿出生便是死的。可他们在医院时被告知，这是习俗。他们被问是否想举办葬礼，而且得知这也是允许的，但莉莎无法面对。相反，他们选择了火化，并且把骨灰带回了家。他不知道该怎么处理骨灰，也没办法问出莉莎的想法，于是他们把骨灰瓮暂时放在楼上，放到了婴儿房的尿布桌上。

在婴儿出生便夭折时，莉莎曾经抱过她——其中一个护士说，人们有时候会这么做，这是一种道别方式——但这个方法似乎对莉莎没起到作用，反倒成了迈克尔的噩梦。他很难不去回想：一个孩子，显然已经死了，而且还没发育成形，在他妻子哭泣时贴在她的身上。

家里的婴儿用品，他们就那样放在原处。开始时迈克尔曾经建议收拾一下，把东西储存在地下室。可当他开始收拾东西时，他的妻子却开始怪异地恸哭，这让他无比惊恐，只能把所有东西放回原位。

所以，情况就是这样：莉莎基本不能正常生活，迈克尔小心翼翼地生活，尽量不让她的情况恶化，婴儿房里整齐地摆放着为死去的婴儿准备的婴儿用品，唐纳夫妇都在等待，希望能够迎来走出阴影的那一天。

II

失去孩子差不多三个月后，迈克尔在睡醒时听到一个声音。他几乎没听到，有一阵甚至不确定这个声音是不是自己臆想出来的。他躺在床上，妻子蜷缩在他身边，要么睡着了，要么装作睡着，他在仔细听。有那么一会儿，他以为自己又要睡着了，可那个声音里有种他说不清的东西,让他一直保持清醒。

打着哈欠,他终于从床上起来,开始寻找声音来源。他打开卧室门走进客厅,可在那里他更听不清那个声音。他走进厨房,站在那里,屏住呼吸。还是什么也听不到。在他书房也是如此。

最后,他回到卧室躺在床上。他立刻就听到了那个声音。

这时,他已经完全清醒。他想找到声音来源,这一次,他走遍房间的每一个角落,仔细听着。最后,他终于反应过来,他是通过天花板上的加热记录器听到的声音,而记录器里的声音来自楼上,来自婴儿房。

他上了楼,打开婴儿房的门,等待着。那个声音就在那里,一个像白噪声一样的声音,但更轻柔,还有一种奇怪的单调感。他在黑暗的房间里走动,慢慢靠近源头,直到最后一刻才意识到声音来自婴儿床。

一瞬间,他感到无比害怕。他脑子里甚至有一闪念,以为他们的孩子终究还是生下来了,只是他和妻子都否认孩子的存在。他们把孩子一个人留在这里,等死。接着他伸出手,在四周摸了摸,然后摸到了泰迪熊。

它的心脏在跳,缓慢且有规律地跳着。不如说,那是它借来的心脏,因为那是他死去的孩子心脏的声音。他已经完全忘记了这件事。他心想,设备肯定出了什么机械故障,才导致这东西无缘无故地响起来。

他抓着泰迪熊停顿了几分钟,就像突然开始一样,它的心跳突然停下了。真的有三十分钟吗?也许哪里出问题了。他温柔地把泰迪熊放回婴儿床,然后回到自己的床上。

第二天时,他根本没去想这件事。他像往常一样出门上班,在办公室里度过了一天。可回家吃午饭时,他却发现妻子没在睡觉。她起床活动了,不仅洗了澡,甚至还打扫了房间。她开始有了些变化。一些向好的变化。

他深吸了一口气。在婴儿死去的几个月里,他看着妻子痛苦不堪,自己也备受折磨,他曾经对自己说,他们唐纳夫妇一定能挺过来,可他自己并不相信这个说法。然而,现在他觉得也许这能成真。

他亲吻了她,两人吃了他从越南餐馆带回来的午饭,然后他吹着口哨回去上班。剩下的那一天很美好,是他很长一段时间以来过得最好的一天。他感觉特别好,直到结束工作走进家门,发现妻子坐在客厅摇着泰迪熊,听着熊心的跳动声。

"嘘,"她说,"她快睡着了。"说完,她笑了。

他站在门口一动不动。他只是站在那里看着她,不知道自己该说什么,或者该不该说话。

"你想抱她吗?"她问道。

"莉莎,"他说,"你知道那只是个玩具,对不对?"

她低头看着怀里的泰迪熊。"没错,你大部分说对了。"她说。

"大部分?"

她点点头。"只是里面有她的心脏。"她说。

"只有她几秒钟的心跳。"他说,"那就是个录音机。"

"没错。"她停顿了很长时间,"我知道。"

他等她继续说话,可她什么也没说,只是继续轻轻地摇晃,低头看着泰迪熊。

"莉莎。"他开口了。

"她在呼唤我。"她终于说话了。

"唉,亲爱的。"他说,然后走过去想拿走泰迪熊,可她却死死抓住,不愿放手。

最后，经过反复交流，他终于让她自愿放开了泰迪熊。她说，是的，她能理解。她并不想吓到他。她当然能理解——那不是他们的女儿，那只是一个泰迪熊。她声称，自己没有别的意思。

"你说它呼唤你，那是什么意思？"迈克尔问她。

"你的意思是'她'。"莉莎说道，她的眼睛没有看他。

"什么？"

"我说的不是它，是她。"她说，"我说的是她。"

他做了个手势说："这重要吗？"

那一瞬间，她用一种震惊的表情看着他，但这个表情慢慢消失，她也看向了别处。"不。"她说，"不重要。"

她又变得萎靡不振，和之前一样。她让他领着自己回到床上。让她留下泰迪熊也许更好。他忍不住心想。可他也在担心，不知道如果真这么做了又会发生什么。

"你说她在呼唤你，这是什么意思？"给她盖被子时他再次问道。

"就是那个意思。"她说，"我听到了。我听到了声音，然后上楼去看。那是她心跳的声音。"

"它自己就开始响了？"

她点点头。"我什么也没做，它自己响的。"

由于自己也有过类似经历，所以他觉得自己别无选择，只能相信她。泰迪熊里的播放器有问题，出了故障。他们需要修好这只熊，要么只能扔掉。也许那是更好的办法，他心想，直接扔掉。

可是几天后，他还是没办法扔掉那只泰迪熊。把熊放回婴儿房后，他就忘记了这件事。莉莎在大部分时间里还是躺在床上，只是她起床的次数更多，所以迈克尔告诉自己，她正在慢慢好转。

如果不是三天后在床上睡醒时又听到什么声音，他本可以彻底忘掉这件事。这次的声音更大了。半睡半醒中，头突突地跳，他走出卧室，上楼去了婴儿房。可当他进入婴儿房后，却找不到那只泰迪熊了。那个声音也消失了。他找了几分钟，随后回到卧室。那时他才意识到，泰迪熊就在床上。

愤怒的他叫醒了莉莎。她看起来还没睡醒，不知道发生了什么。他把泰迪熊拿到了她的眼前。

"这事你怎么说？"他问。

"说什么？"她说。

她就不能承认是自己把泰迪熊拿到了床上吗？她到底有什么毛病？

"可我……"她说。

"没有可是。"他说。他还在训斥她，直到她也生起气来，大喊："可我没去拿！"

他想知道，那这个泰迪熊是怎么到这儿的？毛绒玩具自己不可能在房间里走动。肯定是他们俩中的一个人拿的，老天做证不是他。那就只有她了。

"不是。"她喊道，"我发誓。我没去拿！"

他深吸了一口气。"好吧！"终于镇定下来一点儿的他说，也许她没去拿。或者她不知道自己去拿了。他愿意接受这种可能。也许她是在睡梦中做的这事，没有思考就去做了。

"不。"她也镇定下来了一些。她一直躺在床上，她很确定。

他摇头对她说："这事根本不存在其他解释。"

"那你呢？"她说，"为什么不是你在睡梦中做的呢？"他想都没想就说："我不是那个生病的人。"说完这话他就后悔了，可什么都晚了。两人因此吵起架来，而这场争吵以泰迪熊被扔到外面的垃圾箱，他暴怒的妻子把他赶到楼上的婴儿房睡在一堆毯子上告终。

醒来时他看到的第一个东西就是那只泰迪熊，它就在婴儿床里，靠在栏杆上，好像在看着他一样。他隐隐地生着气，心想肯定是他妻子在自己睡着后起床，从垃圾箱里找到泰迪熊后又放回到婴儿车里。他对自己说，最开始买这只熊就不是个好主意。那时他们只把这当作玩笑，如果他们的孩子能活下来了，这也只是玩笑。可考虑到已经发生的一切，这就变成了一个非常非常糟糕的主意。

他想下楼冲她喊叫，但这不就是她想要的结果吗？他对自己说，不行，他要像个成年人一样处理这件事：他要假装根本没看到那只泰迪熊。他会把泰迪熊扔回垃圾箱这个属于它的归宿，由于今天是垃圾清运日，所以他会待在家里，确保那只熊被带走。这就是那只泰迪熊的命运。他们不需要再考虑这件事了。他们可以重新回到过去的生活。

事实上，上面这些事他都做了。他冲了个澡，吃了点早饭。他给妻子端去了一碗燕麦片，但她还在睡觉——或者在假装睡觉，就是为了不跟他说话。他亲吻了她的脸颊，然后上楼，把心脏正在跳动的泰迪熊扔进了垃圾箱。然后他坐在自己车里的驾驶座上，直到从后视镜看到垃圾车用机械臂抓起并倒空垃圾箱。启动车时他心想，行了，这事了结了。

事情原本真有可能这样了结。正常情况下，事情也本该这么了结。那天晚上回家后，他向妻子道了歉，她也向他道了歉。她哭了，而他也足够体面——他没有指责她把泰迪熊拿回家，如果这算得上体面的话。反过来，她也很给面子，没有指出是他把泰迪熊又扔回了垃圾箱。她承诺自己会努力，他也承诺自己会更耐心。简而言之，在之前做得太过火之后，不管是出于害怕还是出于爱，他们都做了一对夫妇应该做的事。

可故事并没有结束。三晚，或者四晚后，就在迈克尔放松警惕，开始觉得生活回归正常时，他又一次在半夜醒来时意识到自己听到了什么声音。

"不。"基本还没睡醒的他心想，"这只是我的想象，是梦。"

他想继续睡觉，他真的想，可那声音不让他睡。其实不能说是一个声音，更像是一个声音的鬼魂。可这声音就是不放过他。慢慢地，他心生惶恐。

他从床上起身。他在卧室里听着，但声音并非来自那里。尽管知道声音也不在那里，但他还是去客厅听了一下。除了他猜测的声音来源外，他在房子里的每个地方都听过了，最后，他还是去了那个地方。

他打开了婴儿房的门。没错，他听到了，声音就在这里，那个微弱的心跳声。就像过去的几个月一样，那只泰迪熊就在婴儿床上。可他妻子是怎么把泰迪熊找回来的？是这只熊卡在垃圾箱里，没有被扔掉吗？或者说泰迪熊没被扔进垃圾车，又被她在路上找到了呢？他希望自己能找到合理的解释。

他打开灯，透过栏杆看着熊。那个心跳声已经停了，就像它开始时一样突然。他看到熊很脏，身上有一层灰色的尘土，细得像灰一样。他必须毁掉这个东西，但在那之前，他觉得妻子欠自己一个解释。他要把熊擦干净，拿给妻子看，让她解释，然后当着她的面毁掉这只熊。

可当他拿起熊准备清理时，他意识到有些东西变了。这只泰迪熊的感觉不一样了，更沉了，移动时它的身体里好像有东西在沙沙地响，好像里面装满了沙子一样。他把熊拿到更靠近脸的地方闻了闻，然后明白熊身上那一层不是尘土，就是灰。他做了个鬼脸，把熊放到尿布桌上准备清理，这时他突然明白了这些灰来自何处。骨灰瓮的盖子是开着的，瓮的底座边散落着骨灰，朝里一看，他发现里面基本空了。

他觉得自己的四肢非常沉重。因为特意在看，所以他现在能看到泰迪熊布料上的缝合处被撕开，又被笨拙地缝在一起，熊的身体里塞满了她女儿的骨灰。他突然明白，情况比他想象的糟糕得多。

想搞清楚情况的他打开骨灰瓮，靠在尿布桌边上，慢慢地将散落的骨灰扫了进去。他将骨灰瓮放回桌上，开始动手拆熊身上新缝的线头。

就在他拆线的瞬间，泰迪熊的心脏又开始跳动了。随后，以一种他无法理解，而且后来警察询问他妻子之死时他也始终无法正确描述的方式，这只熊冲他笑了起来。

他就像被咬了一样抽出了自己的手。他盯着那只熊。他满心希望地想，就是现在，我该醒过来了。

但他没有醒过来。他早就醒了。当他再次伸出手时——这次是为了把熊的脑袋从塞满他孩子骨灰，装着她心脏超声波录音机的身体上扯下来，他无从知道，这将是他认为自己还能掌控人生的最后一刻，他根本不知道，从现在开始，一切只会变得更糟。

洗 刷

I

大雨到来时,从天空下来的不是雨水,而是一种浅色的尘土或沙子。他们看着这东西让车身上的油漆褪去颜色,慢慢地将风挡玻璃磨到模糊。尽管看不清楚路,而且反反复复地驶离、驶回道路,但他还是继续开了一段时间的车。可当尘土开始通过排气口渗入后,他的车便熄火了。

"我们该做什么?"她问。

"做什么?"他说,"除了等,我们还能做什么?"

"我们得离开这里。"她说。

"不行。"他表示,"我们必须等。"

然而,一个小时,或者两个小时后,当车里变得越来越闷时,打开车门走出去的人却是他。

*

到了早晨,风暴渐渐平息,等到太阳高高升起时,风暴已完全停止。她费尽全力在沙砾中打开车门,看到的却是车的周围堆积着更多沙砾堆,被风吹着飘向远处。她发现一百米还是一百五十米外有一具尸体,可因为皮肉和衣服被剥离得太严重,她也不能确定是不是他的尸体。她对自己说,大概是他吧。她就这样离开了。

*

她盯着天空,可在她看来,她无法确定是否会再次出现风暴。而且如果风暴真的再次出现,周围的地面也已经被削平,没有地方供她躲藏。该朝哪个方向走?也许该朝车头指向的方向走,除非车在风暴中迷失了方向。可如果不是那个方向,又该是哪个方向?

她出发了,用最快的速度前进,周围的地形没有一点儿变化,一直是平地,从无改变,什么也看不到。尽管如此,她还是继续走,继续向前。

*

起风时,她开始害怕了。到处都没有避难所的影子,没有地方可藏。尘土,或者说沙子——如果那是尘土或沙子的话,开始在她身边腾空形成旋风,尽管会立刻落在地上,但每次的腾空时间都会变长一些。她的皮肤开始产生刺痛感。她跑了起来。当跑步也不足以解决问题时,当沙砾开始蚕食她的脸、胳膊和眼睛时,她跪在地上,用最快的速度在沙子中挖洞,希望能在保留可供呼吸的空间的同时,保护自己的头和胸部。尽管她感觉到沙砾撕裂了背上的衣服,随后一下又一下地剥离了她的皮肤,她还是保持着蜷缩姿势,集中精力,专注于在自己手掌和膝盖之间的狭小空间里的呼吸,直到自己晕过去为止。

*

他们就是这样找到她的。他们将她不省人事的身体抬起来,在荒凉的土地上走了几个小时,她一直没有醒过来。他们停下来,想喂她吃的,可她不能吞咽食物。他们将水囊放在她嘴唇上,按摩她的喉咙，而她终于咽下去了什么东西——不管怎么说，她的喉咙震动了。就是由于这个原因，也只是由于这个原因，他们没有扔下她等死。

II

当她醒来时，那已经是几天，甚至几周后了。她在一个避难所里，在某个算是房间的地方，她一瞬间甚至以为自己又回到了车里，但周围的空间形状都是错的。可她告诉自己，"不，这就是汽车"。出错的是她的视力。可周围的各种色彩也是错的。这不是汽车。不，这肯定是个房间。

*

她终于确定了，自己躺在床上。这个房间又黑又脏，天花板也很低，只比床略大一点儿。这更像是牢房，而不是房间。她从床上爬起来来到门边，想看看门是否锁着。或者说，假如她没被束缚在床上，她原本是准备这么做的。

*

她大喊大叫了一阵。没人过来。她又喊叫了一阵，然后只是要求有人来放开她。还是没人来。于是她躺在床上，测试束缚带的强度。她想用扭动的方式挣脱，但没能成功。随后，她就躺在那里，什么也不做。然后，她睡着了。

*

醒来时，一张椅子被搬了进来，挤在床和墙壁之间的狭小空当处。一个人坐在上面，微笑着。他看起来有点儿像她失去的那个人，那个开车，后来又离开车的人。但这个人不是他：他的眉毛不一样。也许其他方面也不一样。

*

"你好。"这个男人说道，这个陌生人的声音听起来隐约有些友好的感觉。他的手整齐地放在膝盖上。

*

她想到了很多可以用来回应的话。比方说："你是谁？我在哪儿？我在这里做什么？"也可以说"我是犯人吗"，或者说"马上放开我"。

这些话，她都没说。

*

"你好。"她说。

*

这个男人笑了。"我相信你有很多疑问，"他说，"比如我是谁？你在哪儿？你在这里做什么？你是犯人吗？现在，我必须请求你保持耐心，请你等待。"

她闭上眼睛。这个人，或者说不管任何人，都不应该能如此直接地说出她心里的想法。"这是梦吗？"她想知道，"我在做梦吗？"

*

睁开眼睛时，那个男人还在。他的手已经从膝盖移开，现在轻轻地放在她的一只胳膊上。那一刻，她甚至不确定是自己的左

· 141 ·

胳膊还是右胳膊。我死了吗？她心想。

"你还好吗？"他问道，然后在她回答前又笑了起来。"你当然很好。"他说，"为什么不呢？"

"哪里。"她终于开口说话，"我在哪里？"

他在她的左胳膊或右胳膊上稍稍用了些力。"嘘。"经过长长的停顿，他说，"你在这里。"

*

"可是，是哪里？"她想知道，"这里是哪里？"

III

过了一段时间，这个人，或者说一个非常像他，但又不是开车那人的一个人，松开了她的束缚带。她得以摩擦自己的腕关节，好让麻木感散去。随后，束缚带再次被收紧。

*

第一次进行这个活动时她很抗拒，随后又一个人——一个和第一个及第二个几乎一模一样的人走了进来，用力把她的肩膀按在床上，让其他人收紧束缚带。做这件事时，他对着她露出了牙。在那之后，她在他们收紧束缚带时不再反抗。

*

之后，连那个活动也停止了。有一天，一个人松开了束缚带，但没有重新收紧。然后，他离开了。

*

她躺在床上摩擦了一会儿腕关节,紧接着,她感觉自己又有了力气,没有必要再摩擦腕关节了。

*

她下了床。她的腿没有力气,看起来更像枯枝,而不是腿。她走不了很远,但她可以走到门的位置,伸手握住把手转动起来。

*

只不过,这个把手没有转动。门被锁上了。

*

有一天,门没有上锁。她转动门把手,门开了,她看到走廊通向一个简单、没有装饰的门厅。

*

第一天,她只是看了看外面的走廊,然后关上门,回到床上坐着,她的两只手就像两只死鸟一样一动不动地放在膝盖上。

*

一个男人进来了,他和每天都来的人一样,这个人给了她一些食物,在她吃东西时坐在床边的椅子上。等她吃完,他拿走了她的碗和勺,向门走去。

*

在他打开又关上门的过程中,她等待着,听他的钥匙叮当作响,听锁头嵌入锁孔的声音。对她来说,这是一个非常困难的时刻,她差点大叫起来。可她没听到任何声音,尽管她害怕这意味着他只有一把钥匙所以才不会发生响声,害怕锁刚刚上油所以才像深海中的鱼一样安静,可当她终于鼓起勇气站起来,再次转动把手时,她发现门还是没有上锁,这让她顿感解脱。

*

或者说,起初她顿感解脱。因为她想到,如果他们不锁门,那是因为他们想让她走出去,那会是某种陷阱。

*

她对自己说,也许他们不是犯了一次错,而是犯了两次错,所以明天门会重新被锁上,从那之后永远被锁上。

*

"又或者,我根本不是犯人。"她对自己说。

*

但不管怎么说,陷入多种可能性的她,发现自己在留在房间和离开房间之间犹豫了几个小时。最后,她只是短暂地走进门厅看了看,先看了一个方向,又看了另一个方向。

*

门厅里的光线很暗。在她看来,两个方向都一样,似乎都看不到尽头。几分钟后,她回到房间,再次关上门,坐在床边等待着。

*

自己在等什么,她不知道,可不管是什么,都没有出现。或者说出现了,她没有认出来。

*

他们不停地来她的房间,和之前一样,给她带来食物,给她拿来水,再坐在塞在床边的椅子上。在她眼里,他们长得都一样,或者几乎一样,她也不知道究竟有多少人照顾过自己。也许只有两三个,也许是几十个。

*

他们会来,他们会走,她会走到门外,走进门厅,先朝一个方向看,再朝另一个方向看。然后她会回到房间,躺在床上,不知道自己究竟出了什么问题,不知道为什么自己没有勇气离开。

IV

有一天,如果那算是一天的话,那些人没有来。她等着他们拿食物给她,可他们没有拿来食物。她心想:也许我脑子出了点问题,把时间搞错了。所以她继续等。她等着他们拿水给她,他们也没有拿来水。直到喉咙干渴难忍,舌头和牙齿粘在一起时,她才承认,不对,她的脑子没有问题,问题在外面,有问题的是他们。问题在于他们抛弃了她。

*

我在人生中怎么总被抛弃?她心想。而且她忍不住地想,"抛弃"并非一个在她的人生中只出现过一两次的词,而是一个贯穿于她人生的主题。

*

她又想到了车里的那个男人,想到他如何开车载了她几英里,又如何在最初阻止她,随后又在没做出任何解释的情况下离开车,抛弃她直到最终死亡的事情。

*

如果他不是要抛弃她,而是要救她呢?如果他下车,只是为了给她留下足够的空气,好让她活下来呢?这真的有差别吗?他还是抛弃了她,即便只是为了救她,不是吗?

*

谁又能说这些人不是一样的情况呢?如果她走到门厅,她会找到他们在她不知道原因的情况下,因为她而死、因为她而血肉模糊或者残缺不全的尸体吗?她终于意识到,她不敢走到门厅。她害怕自己看到什么。

*

都是这样的想法。她心想。可她已经有了这些想法不属于她的感觉。

V

后来,在某个时间点,她死了,或者看起来死了,在那之后,她也没办法确定自己到底是什么状态。也许她的生命被抽干了,不见了，然后慢慢被其他东西替代。也许她从一个层级的生命状态滑向另一个层级，再滑向第三个层次，慢慢地越来越不存在于当下，可还是在顽强地坚持。不管是什么状态，都不重要。重要的是她发生了什么。

*

这之后，除了眼睛，她哪都动不了了。她身上发生的事情就是，她在一个房间里，或者她认为自己在一个房间里。只不过这个房间有时没有墙壁，而且她似乎不是在一个房间里做着呼吸并弯曲身体的事情，而是在房间外面做这些事。连绵的雨正在落下——或者她认为那是连绵的雨，但又害怕如果太靠近，她就会看清那是满天的尘土或沙子。

*

可是，当她来到外面，外面确实在下雨，冷冷地打在她的脸上。当她在房间里时，那里什么也没有。

*

很快，先是脸上冰冷的感觉，然后再无其他，除此之外什么也没有了，就这样反反复复，反反复复，每次都会比前一次少一些，但也从未彻底消失，而她自己也适应了。"我能做什么？"一小部分的她想知道。"做？"另一小部分的她回答，"除了等，你还能做什么？"

麻　木

睡觉时，她已经养成了把自己的双手放在他胳膊上的习惯。现在，没有了他的胳膊，她该怎么办？

过去，他们曾经安排好了，或者说在她想办法时做出了一个合适的安排。她先是用了夹板，最初只用在一只手上，后来两只手都用上了。夹板可以防止她在半夜被刺痛惊醒。然而，即便用了夹板，她的手还是会抽搐，这样的抽搐足以惊醒她。可谓绰绰有余。她试过吃药，可除了让她昏昏欲睡，药没有起到别的作用。一个朋友告诉她："你需要更好的药。"去开药时，医生却告诉她一个简单的方法：她只需要抬高双手。于是，她试着弯曲肘关节，肘部平放在床上，睡觉时让前臂在空中摇晃。但她不是一睡着手臂就落下来，就是睡醒时觉得手臂又僵硬又酸痛。她把枕头堆在身边，将手臂放在上面，可这样做抬升的高度不够。没有一个方法有用，什么都没用。可就在一天晚上，他背对着她，一条胳膊压在身下，她将手放在他的另一条胳膊上，而睡梦中的他让她这么放着。她安然入睡，一觉睡到天亮。

连续很多个晚上都是这样：她醒着躺在床上，焦躁不安，直到他侧身睡觉，她靠近过去，将自己的手放在他的胳膊上，然后入睡。她不仅喜欢上了这个方法，而且需要这个方法，在他出门、没有在床上的几个夜晚，她根本无法入睡。在那些夜晚，她感受到了前所未有的刺痛。

她承诺过："祸福与共。"她知道自己做出过这样的承诺，但她怎么可能知道，"祸"在有一天意味着他突然不再完整。事情就是这样：前一天他还是完整的，第二天，他的一条胳膊就只剩下四分之一。刚回到家时，他的残肢裹着纱布，她当然知道自己不能碰，碰就是伤害他。她尊重这个事实，也保持了距离。随后，他的伤口慢慢愈合，伤疤慢慢变厚，又慢慢变硬，他的残肢，便只是残肢了。到了那个时候，她感觉自己好像一年没睡觉了。当然，真实的时间没那么长，但她的感觉就是那么长，对他说那些话时她也是这个意思。然而，易怒的他误解了。他说："我们的悲剧不是你能不能睡觉。"他在她的面前晃着自己的残肢说："这，才是悲剧。""残肢，"他说，"胜过手上的刺痛。"

可真的如此吗？他们真的要玩谁胜过谁的游戏吗？在这个游戏中，只允许失去胳膊、失去四分之三个胳膊的那个人感到痛苦吗？她不这么认为。实际上，只要一点儿时间、一点儿耐心，随着他的疼痛减轻，随着他学会不再用已经失去的手去拿眼镜之类的东西，他就从感觉被人冒犯，转变为说出"我的胳膊还剩下不少，用吧"这样的话——显然他真的这样觉得。

然而，现在和过去不一样了。如今，当他像过去那样侧身睡时，当她在床单上快速移动靠近他，将自己的双手放在他身上，没错，她确实可以将两只手放在他胳膊的剩余部分上。可一只手总是会从残肢上滑下来，落到他的肋骨上。如果为了不让那只手滑落而躺在床上更高的位置上，她的另一只手就会顺着他的肩膀滑落到他的脖子上。不管怎么样，她的手的位置都会太低。不可否认，这意味着她只有一只手，而非两只手抽搐，可她还是无法入睡。他就不能整晚戴着假肢吗？她发现自己有时会在凌晨两点、三点或四点产生这样的想法。可她知道，这种要求过分了。医生告诉他、告诉他俩，如果整晚戴着假肢，那么过完一天，他不可能不感到疼痛，不可能不产生压迫感，甚至还有可能出现刺痛。不行，就算他俩是这样的关系，她也问不出口——而且她觉得，就算问了，他大概也会拒绝。

所以，几个月来，她一直睡不着。她把一只手放在丈夫身上，举起另一只手，像过去一样停留在空中。她尽全力举起来，或者放在一个搭在丈夫身上的枕头上，如果他睡得够死，这么做就不会有问题。可这样的效果就是不一样。她现在只能维持在暴躁的麻木状态，她越来越确定，这样做是不够的。

就这样，到了半夜，听着丈夫在身边呼吸，自己的一条胳膊已经开始刺痛，睡意又始终不出现，她开始想象和一个不是只有一条胳膊，而是有两条胳膊的人同床共枕会是什么感觉。

从那之后，一切便势不可挡地接踵而至。她只是因为这个简单的事情找了情人。倒不是因为她性饥渴，或者想寻找激情什么的——她一边再次将床单拉高到可以盖住胸的位置，一边这样对我说，她热切地爱着自己的丈夫，永远渴望他。

不，她是为了之后的事。她为的是两个人都精疲力尽后，她的情人翻身过去的那个时刻。

就在他昏昏欲睡时，她会悄悄戴上夹板，然后小心地将双手放在他身上。如果一切顺利，如果他保持侧卧姿势，如果他不翻身，如果他不介意她压着自己，那么她，至少可以再一次入睡了。

比里诺更远

I

伯恩特第一次怀疑这次旅行可能向着诡异的方向发展,还是在里诺郊外,那时他走进一家便利店,店里的六个通道中,有整整一个通道里放的都是肉干。货架最上面摆的是他认识的烟熏肉制品,他在广告里见过这些品牌。中间放的似乎是本地产品,外包装只有一种颜色,但还是有真空包装,商品标签也很清晰。但最下面一排放的却是大块的烟熏肉干,这些肉干放在脏兮兮的塑料袋里,袋口打结,袋子上什么标签也没有。他甚至不确定袋子里装的是什么肉。他用鞋尖戳了戳其中一个袋子,又盯着看了一会儿。意识到收银员一直看着他后,他摇摇头走了出去。

"那时我就该知道。"几个小时后他这样想。那时他就该掉转车头,开完半英里的路进入里诺,不再继续向前。可他告诉自己,那就是一家便利店。他试图说服自己,那其实也没那么诡异。那只能说明里诺人喜欢肉干。所以,他晃晃脑袋,继续开车。

这是他十年来第一次离开加州。他的父亲去世了,他接到通知的时间太晚,赶不上葬礼,但他还是准备开车去犹他州,计划参与遗产分配,不管最后还剩下什么。他独自一人启程上路。他的女朋友原本计划和他一起,但却在出发前生病了。两个人都不确定她到底生了什么病,可她只要站起来就会头晕。她只能用爬行的方式才能去厕所呕吐。这种病状持续了三四个小时，然后就像突然出现一样突然消失。可在那之后，她就拒绝上车了。要是再犯病了怎么办？她推断，不移动的情况都这么糟糕了，那开车时她会糟糕到什么程度？他不得不承认，她说得有道理。

"你真的需要过去吗？"她问他，"难道不是不管你在哪儿，他们都会把你的份额送过来吗？"

原则上确实如此，但他不信任自己的家人。如果不去，他们会想办法不让他获得自己应得的那一份遗产。

她疲惫地摇了摇头，问道："你应得的又是什么呢？"他承认，这是个好问题。"而且你父亲不是叫你再也不要回去吗？"

他点了点头。他父亲确实说过这话。"但他再也没有发言权了。"他说，"他现在已经死了。"

但归根结底，她没有跟他一起走。他在开车时心想——这时距离里诺还有几英里，也许他女朋友的病就是这段旅程朝诡异方向发展的第一个信号。可他事先怎么可能知道？现在，他早已开过里诺，他又怎么能鼓起勇气掉头？

回到故事开始，开车刚刚经过里诺时，他看到80号高速公路边时隐时现的特拉基河，车一会儿朝着河的方向开去，一会儿又远离河流。然后，他来到了一个散落着房屋的小城弗恩利，河流在这里也消失不见。好几平方英里范围内几乎什么都没有，只有一两个牧场和干枯的土地。他看到沿着路边有下垂的带刺铁丝，等铁丝消失后，他又靠每十分之一英里就会出现的金属标志计算时间。一段时间过后，那些金属标志也没有了，只剩下褪色的绿色英里指示牌，上面蚀刻着白色的数字。他看着指示牌来到眼前，自己的思绪在中间飘荡，又看着指示牌远去。

他想到了父亲在自己小时候的样子，那个出门时总要把牛仔裤上的折痕熨平的人。出门前，他总要把靴子擦得锃亮，即便他只是要去荒野，即便他知道只要走下门廊他的靴子就会变脏，就会沾满尘土。他就是那样的人。伯恩特讨厌这点，他恨他的父亲。

他想起父亲把一只猪的两条后腿绑在一起，将绳子穿过干草棚下的滑轮，再把绳子系在手摇曲柄上。父亲让他握住曲柄，然后说："你把那混蛋拉起来，拉住，不要管它怎么挣扎。我会割开它的喉咙，那是最难做的工作。你的工作没什么难度。你只需要抓住，直到那王八蛋的血流干。"伯恩特点点头。父亲说"拉"，伯恩特就开始转动曲柄。那只猪被吊了起来，它尖叫，不停打转，不停乱动。他的父亲站在旁边，一动不动，他已经拔出了刀，大拇指按在护手盘上，一边摸着刀刃等待着。突然，只见他手臂一抖，就从耳到耳划开了猪的喉咙。那只猪还在挣扎，血从伤口喷涌而出，浸湿了尘土。伯恩特不知道他父亲怎么做到靴子和裤子上没有沾上血，但他就是做到了。

总是那样，每次杀什么东西时都是这样。他的身上不会有一滴血。在伯恩特看来，这是个没法解释的现象，青少年时代他曾经在不止一个失眠的夜晚思考过，想知道为什么会这样，为什么血会避开他的父亲。他唯一能想到的理由似乎太过古怪，所以他更愿意相信那纯粹是运气好。

他父亲就是那样的人。现在，他死了，他又是什么？

他浑身颤抖。他又去看英里指示牌——或者说他想看，可指示牌再也没出现。有一阵他以为自己可能意外地驶离了高速公路。但是不对，他不觉得自己能做到这一点，而且不管下面是哪条路，这条路看着和高速公路一模一样。随后，他路过了一个被割断的金属桩，他不禁想知道那东西之前是不是指示牌，是不是有人系统性地割断了所有指示牌。大概是无聊的孩子干的，闲得没事做。

他看了看天空中的太阳。太阳似乎和一个小时前一样高，还没有开始下落。他看了眼油量表：指针位于半箱和四分之一箱之间。他继续开车，不知道剩下的汽油能否支撑他找到下一个加油站。汽油当然是够的。下一个加油站能有多远？

他打开杂物箱，准备拿出地图查看，可地图并不在那里。也许他之前已经拿出来了，也许地图滑落到座位下面了，可如果真是这样，那地图的位置就太靠下了，他够不着，至少开车的时候够不着。不，他对自己说，很快就能看到加油站。肯定会有加油站。他离埃尔科不可能太远。里诺到埃尔科的距离还不到三百英里，他已经在里诺加过油了。而且温尼马卡就在这两个城市之间。他已经路过这个城市，只是自己没意识到吗？

他有足够的汽油，他知道自己有足够的汽油。他不该让大脑戏弄自己。

他的父亲对他说，如果他要离开，那就永远不要回来。
"行吧，"伯恩特说，"反正也没准备回来。"
然后，他就离开了。
等一等，不完全是这样。这件事已经过了太多年，他很容易以为那就是结局，但事情没那么简单。他没说过"行吧"，他没说过"反正也没准备回来"。他说的是："我他妈的为什么要回来？"
他的父亲笑了。"我还以为你不会问。"他说，"过来。"他走到门口，招手让伯恩特跟上来。

大约一小时后——也许时间更长，也许更短，一个人开车让他很难判断时间——他给女朋友打去电话，他想对她说，她是对的，他根本就不该回去。他希望她说服自己掉头，遗产什么的管它呢。

但她没有接电话。但也不能这么说，其实是电话没有打通。电话看起来好像打通了一样——他拨了号码，听到铃声响了几次，然后就断线了。他的手机没有信号。

"好吧，这有什么奇怪的呢？"他心里这样想。他在前不着村后不着店的地方——信号必然很差。他需要等到自己接近城镇，然后再给她打电话。

这些听起来都很对，很合理。可他心里还是忍不住地担心，害怕哪里出了问题。

收音机的信号也时有时无，某个电台的信号在前一刻还很强，后一刻就充满静电干扰声，然后信号又好了起来。"没什么奇怪的。"他的心里有一部分还在坚持这个观点。肯定因为山，他对自己说，信号在山间跳跃。即便这种情况在旷野时出现的频率和他绕山开车，或者高山突然出现在眼前时一样高，他还是对自己这样说。

还有些时候，收音机里只有静电干扰声。当他慢慢转动旋钮，却什么也找不到时；当他按下搜索键，调谐器从头到尾搜索完全部频段却找不到任何电台，然后从头开始搜索，再从头开始搜索，一遍一遍又一遍时。这种情况可能持续了五分钟，甚至十分钟，然后调谐器突然停在一个频段，在他看来这个频段除了静电干扰声外什么也没有，但调谐器就停在了那里。过了一段时间，他开始相信静电干扰声下面肯定有别的东西，有一个奇怪的低语，一定会慢慢变为声音。只不过这种情况从未发生，静电干扰声还是静电干扰声。

他看了眼油量表。指针在四分之一箱和半箱之间。之前不也是这个读数吗？他用手指敲了敲，最开始很轻，后来越来越重，

· 155 ·

但读数并没有改变。

等到了温尼马卡,他会停车加油,以防油量表坏了。他大概不需要加油也能到埃尔科,但不管怎样,他都会停车。他又敲了下油量表。他已经过了温尼马卡了吗?他觉得应该已经过了,可他肯定会注意到,不是吗?

他看着父亲检查裤腿上的褶皱。他看着父亲在门廊上停下,先抬起一只靴子踩在栏杆上,然后再换另一个靴子,麻利地用搭在那里的橘黄色的布擦干净鞋面,然后向下走到了通往大路的小道上。

伯恩特跟了上去。

"这里都是我的。"他父亲右手指着他的身边说,"这里,所有的一切,都属于我。"

伯恩特当然知道。从他还是个小孩子开始,他父亲就一直在说这话。对他来说,这不是新闻。当他父亲转身看到伯恩特的反应,看到自己儿子的表情时,他噘起嘴,露出讥笑。

"你他妈的到底知道什么?"他问伯恩特。

"什么?"伯恩特惊讶地问道,"我知道你拥有土地。我已经知道了。"

"土地。"他父亲吐了口痰,"妈的,那是最不重要的。"他说:"我拥有所有出自这里的东西,不管是植物、动物还是人,包括你。如果你要走,那是因为我让你走。如果我让你走,除非我同意,否则你不能回来。"

没等伯恩特做出任何反应,他父亲的手就出现在眼前,以一种挤压性的力量紧紧抓住他的手腕。伯恩特试图挣脱,但他父亲的力气非常大。他的父亲点了一下头,他的嘴是一条直线,没有任何表情,然后他拽着伯恩特,离开小道径直向防风窖走去。

不对，到这个时候，他应该已经抵达一个城镇了。肯定出问题了。太阳仍然高挂在天上。太阳不该这么高。这不合理。油量表要么坏了，要么由于什么原因，他的汽油还没用完。他又试着给女朋友打去电话，这一次，尽管手机没有一格信号，但电话还是打通了。他听到铃声响了两次，然后她接起电话。"你好。"她说，她的声音低沉得古怪，他差点没听出来——后来他告诉自己，她大概生病了。他说："亲爱的，是我。"电话随后就断线了。当他再次尝试时，电话就打不通了。

父亲拽着伯恩特走过院子，因为拽胳膊的力气很大，所以伯恩特很难保持平衡。伯恩特在中途被绊到过，还差点摔倒，而他父亲只是拽着他向前走，他挣扎半天才能保持站立状态。父亲给他留下了一个印象，好像他是否站着并不重要。

他们经过谷仓，绕到后面防风窖的位置，那里有一扇木头门，放平安装在地面，上面用一把挂锁锁着。伯恩特一直知道防风窖在这里，但他从来没进去过。父亲放开他的胳膊，塞给他一把钥匙。"去吧。"他对伯恩特说，"去看看。"

II

就在他开始感到恐慌时，他抵达了一个小镇。他没有看到小镇的名字——也许写着名字的标牌被破坏了，就像那些英里指示牌一样。他开上一片高地，转了个弯，突然看到出口标志，又看到散落在下方的建筑，建筑的窗户在太阳照射下闪闪发光。他不得不踩下刹车，快速换到另一个车道，即便如此，他还是开上了减速带，差点撞上水泥路障前的警示路锥。随后，他从一个斜坡

· 157 ·

向下开去,从桥下开进小镇。

他在自己看到的第一个加油站停了车。他把车停在加油泵前,关闭发动机,走下车,这时他才发现,这里的商店已经废弃,是空的,加油泵上覆盖着一层污垢,橡胶管老化而且开裂。他回到车上,重新启动汽车,然后开上小镇的街道,想再找一个加油站。可那里似乎没有其他加油站。

他在防风窖里看到了什么?到现在他也不确定。他打开挂锁,向下走去,他的父亲双臂交叉抱在胸前,站在上面。防风窖里有一股尘土的味道,还有其他东西——这让他在呼吸时嘴里多了一股金属味。他觉得嗓子很疼。

他走在晃晃悠悠的木质楼梯上,直到踩上夯土地面。这里有足够的空间,可以让他站直身体。尽管开着门,可他的眼睛也用了好一阵才适应周围环境,适应后,他能看到的东西也不多。地面上有些地方有污渍,颜色比其他地方更深——除非土地本身就是这种颜色。但他认为不是。在那里,在后面,洞口更靠里面的地方有一排架子,上面还挂着什么东西。他犹豫了,但上方传来父亲的声音。"去啊。"他的声音冰冷又僵硬。他摸索着向前走,可因为自己的身体挡住了光线,所以他走到离架子只剩一两英尺时才意识到,自己看到的是成条的正在风干的肉。那里挂着几百条肉干,肉被切得薄薄的,有些还扭在一起,他根本看不出那是什么动物的肉。但他可以肯定,那是大型动物的肉。

他的嘴开始发干,他发现自己在盯着看,视线从一条肉干转向另一条肉干,再转回来。他差点大声问父亲这些肉干来自哪里,但有什么东西阻止了他。他在大脑里想象父亲只会用伸手关门、把他一个人留在黑暗中回答他的问题。这种感觉太强烈了,那一刻他甚至不知道自己是不是真的身处黑暗之中,不知道看到的一切是不是自己想象出来的。

他强迫自己用非常缓慢的速度转身,好像什么问题也没有一样,然后爬上楼梯。父亲看着他走上来,但在伯恩特爬出防风窖的过程中,他没有做出任何伸手帮忙的动作。

"你看到了吗?"父亲问他。

他犹豫了一会儿,不确定父亲想让他看到什么——到底是肉干,还是在架子后面、在更深处的其他东西。但他几乎立刻做出决定,同意就是更安全的回答。

"我看到了。"他说。

他父亲点点头。"很好。"他说,"那你就明白为什么必须留下来了。"

伯恩特做了一个意思含糊的手势,但他父亲认为是肯定的回答。父亲拍了下他的肩膀,走开了。

为什么父亲觉得他能明白?父亲以为他看到了什么?他觉得防风窖对自己做了什么?伯恩特不确定该怎么回答这些问题。实际上,他永远也不确定,到了最后,他觉得不知道答案可能才是更好的结果。他跟在父亲身后回到家里,回到自己的房间。剩下的事情很简单,他只需要等到天黑,收拾几样东西后从窗户爬出去,永远离开这里。他再也没有回去。

过了一段时间,他放弃了寻找加油站。油量表的指针还是停在四分之一箱和半箱之间,也许他有足够的汽油,可以开到埃尔科。

他在主街的一家餐馆门前停下车,走了进去。里面人很多,每张桌子都有人。他坐到了吧台边。即便这样,服务员也过了好久才到他身边。等服务员终于过来后,他询问附近有没有加油站,当她告诉他没有时,他有了一种意料之中的感觉。"曾经有一家。"

她说,"但汽油太贵了。没人用,因为埃尔科就在附近,所以没人用。"距离最近的加油站在埃尔科。

"那里离这儿有多远?"他问道。

这个问题似乎让她感到困惑。"不远。"她说。

他问她推荐什么,她推荐了当日例汤,没问具体是什么,他就点了这个汤。汤端上来后,他意外地发现很好喝,这是一碗味道丰富的橙色肉汤,里面放了藏红花,还放了很多肉丝。大概是猪肉。这让他垂涎欲滴。在他看来,这是这段旅程终于不那么诡异,或者说至少是好的诡异而不是坏的诡异的一个信号。喝完汤后,他用大拇指刮干净了碗边。

他坐在那里,并不急于重新上路。那个服务员没问他就端来一杯加了奶的咖啡,还没等他说自己不喝咖啡,她又走了,转去服务另一个顾客。他把咖啡放在那里,因为无事可做,所以他抿了一口。咖啡的味道很醇厚,也很柔和,和他记忆中的咖啡味道不同,等他反应过来,他已经喝完了整杯咖啡。

"没事。"他告诉自己,他发现自己或多或少真的信了,"这段旅程诡异的部分结束了。从现在开始,一切都会正常起来。"

他在加州给父亲写过两次信。第一次大概是他到了加州一年后的时候。他想让父亲知道自己很好,让他知道自己已经独立了。他也有点儿想炫耀。也许他自己还是好奇。"你觉得在防风窖里到底给我看了什么?你觉得里面有什么能留住我?"

一个月,或是两个月,他一直在等待回信。可他父亲始终没有回信。他唯一确定父亲收到信的原因,就是在他父亲去世后,他的姑姑写信告诉他消息,说他们终于在他写给他父亲的一封信上找到了他的地址。

几年后的第二封信,他写得更克制,更平静。那是他竭尽所能在尝试和解。这封信没有开封就被退回来了，他父亲工整地在信封上写下了"退信"字样。

"一切都会好起来的。"当他从小凳子上起身、向卫生间走去时，他仍在对自己这样说。他撒了泡尿，冲完水后伸了伸腰。洗手时，他注意到了镜子。

更准确地说，是多个镜子。那里有两面镜子，一个镜子挂在另一个镜子上方，一个大镜子上钉着一个小镜子，显得大镜子和相框一样。

他看着镜子里的自己，看着自己憔悴的脸庞，可他的眼睛不停瞟向一个镜子的尽头和另一个镜子出现的地方。就该是这样的吗？这算是某种设计吗？是大镜子的中心碎了或者生褐斑了，只能用小镜子来遮挡吗？有什么洞是要用第二个镜子隐藏的吗？

他伸手抓住了上面镜子的边缘。这个镜子的四角都用螺丝固定，这些螺丝穿过镜子的边角，再穿过薄薄的模板，最后穿过后面的镜子。他的手指刚刚好伸进两个镜子之间的缝隙中。他用力拽了一下，但镜子被牢牢固定住了。

松开手时，他的指尖因为沾上灰尘而变成了黑色。他又洗了遍手，这次速度更慢。再抬头看时，他发现自己的脸还是那么憔悴。他关上水龙头，擦干手，走出了卫生间。

过了一会儿，他又走了进去。他拿出钥匙链上的小手电，照在上下两个镜子之间的缝隙。他靠近去看，可不管往哪里看，也不管把手电光照在什么位置，后面那个镜子看起来都是完整的。

III

最初，他对女朋友说了谎，他说自己去了犹他州，去了他父亲的牧场听遗嘱宣读，只是什么也没得到。可当箱子出现时，他终于坦白了。那是个旧箱子，已经开始坏了，还有股阴湿的味道。箱子很沉。箱子的一边写着"伯恩特的工资"，是他父亲工整的笔迹。

他把箱子留在桌上，放了一天半时间。第二天的晚上，他们两个人都坐在床上读书，这时她问他，准备什么时候拆开箱子。他把书放在胸口，开始说话。她让他说，整个过程中只打断过他一次，在他说完后又蜷缩在他身边，一只手温柔地抚摸他的肩膀，什么也没说。这让他感到惊讶——他以为她会因为自己说谎而生气。不过就算真的生气，她也只是藏在心里。

"当然。"他对她说，"也没发生什么事，都是我的想象。只是一次普通的旅行，我只是注意到在正常情况下不会注意到的事情。"可在他讲故事的过程中，当他一点一点讲到从里诺到那个他始终没搞清楚名字的小镇之间发生的事情时，他忍不住又开始感到恐慌。他不觉得那是一次普通的旅行。他认为那绝不是一次普通的旅行。不知道为什么，他觉得责任在他父亲。

最难的部分是解释自己为什么在看到那个东西、看到一个镜子摆在另一个镜子上，就是那个东西让他掉转车头，开车回到里诺，是那个东西让他停下来在酒店租了一个房间，喝酒喝到近乎失明、喝到无酒可喝，酒醒后他才反应过来已经过去足够长时间，足以让他女朋友留下他去过犹他的印象。他必须承认，那些镜子没有任何问题——而这却恰恰是问题所在。

那是她唯一打断他的那次。"是不是像你在防风窖里看到的那样？"她问道。

可他在防风窖里到底看到了什么？到现在他也不知道，而且永远不会知道。像镜子那样吗？不，防风窖是地上的一个洞，里面放着干硬的肉条。两面镜子怎么可能像地上的洞和里面的肉干？不，两者唯一的共同点，就是他说不清自己的感受，他不知道这两者想告诉他什么。他觉得自己错过了什么。

他离开那家餐馆，回到车里，继续开车。最初他想的是，不管有什么感受，自己只需要继续开车，继续朝犹他方向前进，完成这次旅行。可就在他在停车场左转、准备开上主路时，他觉得自己好像被镜子和自己要去的地方扯开了一样。有一部分的他困在镜子里，而且这部分的他与剩余部分的他之间的联系正在变得越来越薄。

所以，他没有驶上高速公路，而是又绕回到那家餐馆。他从备胎边的工具箱里拿出拆轮胎用的扳手，进入餐馆后径直走进了卫生间。他用扳手仔细敲了敲上面的镜子，打碎四角后把镜子平放在了地板上。下面的镜子是完整的。他打碎了这面镜子，只是为了确定镜子后面什么也没有。后面确实什么也没有。只有一面白墙。于是他又打碎了第一面镜子。然后，他像进来一样迅速地离开，那个服务员惊讶地看着他，就在他转动车钥匙开车离开时，魁梧的厨师从餐馆追出来，嘴里骂骂咧咧。

即便到了那个时候，他告诉自己的女朋友，他本也可以继续开车，本也可以继续前往犹他。可这次旅行——是整段旅行，不只是发现自己做了从未想过自己会做的事的最后一刻——在他看来却更像一个警告。他觉得，继续向前是个错误。于是，他掉转车头。

没等他反应过来，他就回到了里诺，车的汽油也用光了。他找到一个加油站，又找到一个旅馆，在那里醉醺醺地过了几天。

之所以在旅馆住了几天,既是因为他没有去犹他而感到羞愧,说实话,也是因为他回到了一个让他有了真实感的地方,他害怕再回到车上。

可到了最后,带着宿醉的头痛,他还是爬进了汽车。开了一段时间后,他跨过了州界线。他开进了山里,途经特拉基河,沿着唐纳湖行驶,穿过"移民峡谷",接着慢慢开出山区,进入人口越来越多的区域,离家也越来越近。等到他把车停到家门口的路边时,他几乎产生一种自己过于小题大做的感觉,好像他只是想为不去犹他找一个借口一样。

说得越多,他越想对女朋友解释自己的感受,越想忘记这件事,越想让这件事成为历史,他就越觉得这件事刻在了自己的脑子里,就像药片或肿瘤一样,两部分都属于他,但又同时与他分离。他不知道说出来让情况变得更好还是更糟了。

说完后,他沉默地躺在那里。女朋友在他身边,很快,她的呼吸改变了,他知道她睡着了。他,或多或少,变成了孤身一人。

他知道,还有箱子要处理。他也知道自己不会打开那个箱子。不管里面有什么,他都不想要。他在脑子里设想该怎么处理箱子。只是简单地扔掉似乎不够。

他从床上起来,小心翼翼地不想吵醒她。他穿上裤子,找到自己的车钥匙。他穿上袜子和上衣,又在门口穿上鞋。

不行,他得把箱子扔掉,越远越好。他要把箱子送回犹他,送回它的来处。

几个小时后,当他开车已经走了很远,发现周围没有熟悉的地方，而且完全不知道自己在什么地方时，他心想，也许不用这样。也许不用去犹他那么远的地方，但一定是比里诺更远的地方。那样，就足够远了。

任何尸体

I

醒来时,她看到空地上落下一堆生肉。她看到供应者缓缓地朝她蹭过来,支架让它们的动作很怪异,而支架落下时还会戳动被撕开的生肉。它们收集的生肉似乎很新鲜,没有长蛆,而且足够大。它们会烟熏保存,然后当作商品销售。腐烂的地方它们会用土盖上,一边用脚蹭土上去,一边把好的一面放在上面。

这里没她想要的东西。没有,什么都没有。供应者不能理解这一点。她逐渐意识到,它们能理解的东西其实非常少,如果不是支架,它们甚至不能假装成人,气压对它们来说太大了。其中一个她分辨不出是谁的供应者靠近过来,一边鞠躬一边刮肉,然后说话带着咕噜声问她:"提问:人需要获得供给品吗?"

"不要。"她说,"你有什么,肉吗?"它做出一个畏缩的姿势,她知道那代表了同意。"我不需要肉。"她说,"我需要一个身体。"

"身体由肉组成。"供应者说,"所以肉也由身体组成。就这么决定了。"

"不。"她告诉它,"我需要一个完整的身体。"

"完整。"它说。除非她说的是"洞"①。

---

① 完整(whole)和洞(hole)的英文发音相同。

"完整的。有人刚刚被杀，刚死的人。"她继续说，她想模仿它们的表达方式，好让它们理解，"他们柔软的器官已经不能说话，在太阳下轮廓已硬。"

"器官。"它说，"是的。轮廓，是的。"它喊了几句，后面的供应者开始翻动它们的袋子。

"一个完整的身体。"她坚称。"你是谁？"她问，"你是哪个？你是上一次跟我说话的那个吗？你有名字吗？"

"询问太多了。"它说，然后匆忙后退。

剩下的供应者对她鞠躬，让她看自己的袋子，可她只是摆手让它们离开。困惑的它们转了半天圈，然后又来鞠躬，让她看袋子，可她已经转身走进了自己的洞穴，她知道它们不会跟上来。

还有其他空地，还有其他洞穴。一切都在告诉她，肯定有。她可以移动自己的符号谱——她可以雇用供应者做这事。屠杀方式也有可能改变，只要她愿意等，就会有尸体呈现出完整，或者近乎完整的状态。可能是几天，可能是几周。她愿意等吗？她的供给品很快就会减少，到时候她不得不挨饿，或者从供应者那里购买。或者说，她可以离开。

她在黑暗的洞穴中看着供应者，看着它们漫无目标地匍匐在洞口。它们为什么不进来？它们在害怕什么？

没过多久，她走出洞口，站在它们不愿接近的阴影中。这一次，她拿上了自己的棍子，一边说话一边用棍子敲打洞口的石头。每敲一次它们都会颤抖，但是因为开心还是痛苦，她就不得而知了。等她有了尸体，她自然会问。也许它知道。

"尸体。"她说，"给我带一具尸体过来。"

它们互相嘟囔了几句，其中一个靠近过来。不知它和之前那个是不是同一个,反正她看不出来。

"人,抱歉。"这个代表说,"人用肉供给。"

"不是肉。"她说,"我不会从你那里买肉。绝对不会。但我会买一具尸体。"

这话让它们很是困惑。"提问:人付的报酬多吗?"这个代表问。

"是的。"她表示,"非常多。"

"人会得到尸体。"它做出了表示同意的畏缩姿势。她刚准备转身离开,就听到那个代表继续说话了。

"提问。"它说,"什么尸体?"

"什么尸体?"她说,"什么尸体不重要,只要是刚死的就行。"

"提问:任何尸体?"

"是的。"她回答。

"刚死的。"它说。

"是的。"她表示。

"提问:人付的报酬多吗?"它说,"任何尸体?"

"没错。"她回答。

在几个小时的时间里,它们一直在交谈,它们用的那种奇怪的咕噜声语言和她使用的语言有着很大区别,她甚至听不懂其中的音节,无法确定它们说的到底是独立的单词还是无法拆分的颤音。她在洞穴的阴影里观察它们。可它们再次沉默下来,其中一个来到了洞穴入口。

"提问。"它说,"任何尸体?"

"你是同一个人吗?"她问道。"我已经回答过这个提问了。"她说,"任何尸体,只要是刚死的就行。"

它转过身,朝其他人嘟囔了几句。等它们做出回应后,它又转身对着她。

"人,请走出洞穴。"它说。

"为什么?"她问,"你知道去哪里找尸体吗?"

"是的。"它说,"任何尸体。"

她用自己的语言想了想,晃晃头,然后把钩子从肩上甩过去。她走到阳光下。"好吧。"她说,"在哪里?"

它们围在她身边,推搡她,紧紧挤压她。它们很怪异,支架让它们显得笨手笨脚,可等她反应过来它们在做什么时,一切都晚了,它们的数量太多了。她用棍子赶走了几个,奋力走了几步,但有几个已经占好位置,她无路可去。它们不停抓她拽她,想把她拉倒。很快,她就跪在了地上。她想转身回到洞穴入口,她抓住了自己的钩子,可她的胳膊被按住了,没法举起钩子攻击。她张嘴尖叫,但有什么东西塞进了她的嘴里。过了一会儿,她死了。

很快,一切恢复到之前的样子,供应者拿着它们的布袋子站在远处,弯着腰。其中一个,大概是代表或使者,靠近过来,开始对这个女人的身体说话。

"任何尸体。"它说,然后伸出一个被用作手的支架,"人付很多报酬。"

它停在那里,伸着假手,耐心地等着自己的报酬,身后的其他供应者专心、渴望地看着。

II

醒来时,他看到空地上落下一堆生肉。那些肉就摊在那里,在阳光下闪闪发光。供应者今天在哪里?他想知道。通常它们都在这里,非常热切,在空地上到处搜刮,还想卖东西给他。他不得不承认，自己有时确实会买它们的东西，但只是在生肉被熏过后才会买。他开始觉得，熏肉就是熏肉，如果要吃肉，那是什么肉有什么区别呢？他也承认，自己甚至开始喜欢上那个味道。

在洞穴的深处，他用木块生火热水，将湿透的老树叶加进去。现在，就算他使劲捏，这些树皮也改变不了水的颜色。不，他很快就能回去。这里没什么他用得上的东西。

符号谱的一些端口开始生锈，他用沙子摩擦这些位置，直到重新闪亮为止。他打磨了符号谱表面，用麂皮擦了擦，然后在自己的胳膊上手肘以下的位置划开一个小口，让几滴血滴在符号谱表面。他又用麂皮蘸着血擦拭表面，直到血被擦得看不见为止。

他回到洞穴入口。供应者还是没来。苍蝇已经开始聚集在生肉块上了。

他穿上靴子，朝空地走去，落脚时很小心。地上只有小块碎肉，几乎看不出来是什么，没有大块的肉。那里有一根手指，但大部分皮肤已经被剥掉，指甲和一些肉也没了。只要有一根完整的手指，也许他就能让符号谱派上用场。他到处找，到处翻，可什么也没找到。

在接近空地边缘的地方，他看到了一群供应者。它们位于下一个空地的边缘，一道壕沟隔在它们之间，这些供应者的数量比他之前在任何一个地方看到的多很多，至少多了几十个。其中一个正在冲他招手，或者做出了他认为是招手的姿势。他到现在也不确定该怎么理解它们的姿势。

"人。"认为自己引起注意后，那个生物开始说话，"人，听过来，看过来！"

他走到自己这块空地的边缘，跨过两块空地的边界时听到了供应者们的惊呼。他站在壕沟自己这一侧的边缘，向对面看去。

"这是什么?"他问道。

"提问:人买吗?"那个供应者问他,身后那一群供应者嘟囔着它的话,像是回声一样。

"你有什么?"他问,"肉?"

"肉。"那个供应者说,"还能说话的柔软的器官。完整的肉。"

"完整的肉。"他说,"你什么意思?一个身体?"

那个供应者畏缩了一下。"提问:人买吗?"他又说了一遍,"提问:人付的报酬多吗?"

"这块空地没有人占用吗?"他问。

"空地没有占用人。"那个供应者确认道。

他从沟壁滑下,爬上另一边,进入了对面的空地。

那个身体还很新,是他见过的最新的身体。那是一个女人的身体。这个身体看起来不像是坠落的;四肢都在,骨头看起来也没有碎,嘴唇是蓝色的,胳膊和躯干上有些伤口,有些还很深。他看不出来是什么造成了那些伤口。

"你们在哪里找到的?"他问。

"空地。"那个供应者说,"好的发现。提问:你付的报酬多吗?让我们做个交易吧。"

他点点头,询问要付多少钱。使者告诉他后,他伸手进钱包,掏出很多珠子,堆在那个身体旁边。

供应者拒绝接受。

他很久才想起来,供应者对讨价还价的喜爱,不亚于对珠子的喜爱。于是,他拿走大部分珠子,开始和它们谈判。

保持耐心不是件容易的事。它们每拖延一刻,尸体都会变得更难处理。皮肤在骨头上的状态已经不一样了。可他还是和使者讨价还价,直到供应者们心满意足地拿到一堆珠子。

他让它们聚在一起盯着那堆珠子。他用钩子从尸体的下巴穿过，向上穿透到嘴的下方，直到在尸体的牙齿间能看到钩尖的闪光为止。将绳子系在钩子上的圆环后，他把绳子拉在肩上。他拽着尸体经过散落的肉块，走过高低不平的地面，经过草地和石块，然后走下壕沟，再爬回自己那片空地和洞穴。

他把尸体扔在符号谱上，开始担心。他清理了伤口，将干净的液体注入血管。他洗掉了尸体上的尘土，用凝固的血块清理了尸体皮肤。给肺充气时，他在气管处放了一个小风箱，看着尸体的胸膛鼓了起来。

他打了胸膛两次，嘴里嘀咕着。符号谱的喷漆口开始发出轻微的嘶嘶声。他小心打开尸体胸腔，伸手进去切开了包裹着器官的覆膜，然后抓住心脏，慢慢地按压起来。他重新组装好符号谱，收回自己的手，又在尸体切口上喷洒了泡沫。

他等待着。终于，凝固的血变成了液体，也暖了起来。血从伤口里流出来，速度越来越慢，最后停了下来。冰冷的胸部下的人体纤维起了反应，神经模仿着生命的本能反应。尸体的眼睛突然睁开，就像玩具眼睛一样。两只眼睛在眼窝里独立转动，最后慢慢聚焦在他身上。他看到，那两个眼球已经没那么圆了，它们正在慢慢干瘪。

"醒来，已死之人。"他说。

尸体想说话，她语无伦次，还咳出了一滩黑色胆汁。血从她下巴下的洞口涌了出来。她咽下一口血，又试了一次。

"死了？"她沙哑的声音中带着某种惊异，好像她不相信一样。

"你的宝贝在哪儿？"男人问道，"这地方到底有什么秘密？告诉我。"他用力拽了一下挂在她下巴上的钩子。

"你是谁？"尸体问他，"对我来说，你是什么？"

"你必须说。"男人说道,"我控制了你。"

可尸体想站起来,她抓着他的手和胳膊。"这里。"尸体说话了,"我一直在等你。我饿了很多天,等你很多天,现在,你就在这里。你从天上掉下来。躺在我的符号谱上,很快我们都能得到想要的东西。"可她的动作很迟缓,男人轻松地甩开了她。

这尸体发疯了。他心里这样想。可另一部分的他又在想:这个尸体以为她是我,以为知道我的心思。

"秘密,"男人再次说道,"你会告诉我的,我会成为你的声音,我会讲述你活着时的故事。"

尸体停住了,犹豫着。慢慢地,她咧开嘴,发出一阵呜咽的声音,男人用了好一阵时间才明白,那是笑声。"啊,非常好。"她在喘息之间说道,"它们彻底搞死我了。确实非常彻底。"

他用锥子对着一个太阳穴施压,刚好压碎骨头,尸体这时不再笑了。

"说话!"他再次命令道。

在很长时间里,她都是沉默的。就在他认为她又变成尸体时,她说话了。"我要给你讲一个故事。"她说。

"一个故事?"他问。

"一个故事。"她说,"关于一个男人和一个女人,一个人可以成为另一个人,另一个人也可以成为那一个人,彼此对彼此,两个人都有一堆珠子。"

"你什么意思?"他很意外,还皱起眉头,"我不理解这个故事。你唯一的宝贝就是珠子吗?我警告你,不要想着骗我。"

"我没有骗你。"她说,"你在骗自己。"

"把话说清楚。"他说,"不要讲寓言,不要讲故事,不要猜谜语,从头讲到尾就行了。"

她稍稍抬起头,动了动嘴唇,他认为她在小声说着什么,所以靠近了一些。可当他靠近时，她却用一股强大的力量吐了他一脸，他完全没想到死人能有这样的力量。他跌跌撞撞地后退，擦干了脸上的口水。她还想起身，这一次她坐了起来，猛地从符号谱上滑了下去。她向他的方向迈了一步，然后突然停住，摇晃着开始说话。

"在那儿，在遥远的城市，来了……"她的声音越来越小。

她突然瘫倒在地。尽管他竭尽全力，可再也不能让她复活。

III

他生了一堆火烤她，黑烟从洞穴入口喷涌而出。他心想，她能支撑他过好几个月。当她的皮肤在高温下崩裂、肉在炙烤下起泡时，他记下了她说的话，记下了自己说过什么、做过什么。他对自己说，他已经取得了进展，即便很少，尽管没有什么可展示的。下一次会不一样的。

他用靴子把她从火堆上踢开，查看她被烤得怎么样，让她在旁边的石头上冒着热气，她的皮肉流出的脂肪把洞穴地面浸成了深色。他看到供应者们聚集在洞穴入口，渴望又很关心，但不愿意打扰他。

"人：好肉。"其中一个供应者说。

"是的。"他说，"非常好的肉。"

随后，他把她切成了大块的肉。有些可以立刻吃掉，剩下的他会小心保存。毫无疑问，有些部分需要更长时间的烹饪，需要熏制。他对自己说，那只是肉，和其他肉一样的肉。尽管他心里知道，那不是他选择进行这种行为的原因。

"这个很好。"他转身对着洞穴入口又说了一次，"你们能再给我找来一个像这个一样好的吗？"

"提问：一样好？"

"一样完整。"他说，"完完整整的。"

供应者使者颤抖了。这是什么意思？这是和他在空地上说话的那个供应者吗？还是说它们会轮流担任使者？他看不出来谁是谁。

"提问：任何？"它说。

"什么？"他疑惑地问道。

"提问：任何尸体？"它问。

"任何尸体？"他说，"我觉得是吧，只要是完整的尸体就行。只要是好的就行。"

"任何尸体。"它说。

"对，任何尸体。"

它转身和其他供应者商量。它们用奇怪的语言说了很长时间，不停做着手势，互相争吵，或者在他看来是在争吵。最后，使者回来了。

"请走出洞穴。"使者说。

"为什么？"他问，"你知道哪儿能找到尸体？"

"是的。"对方说，"任何尸体。"

"像这个一样好的吗？"他边说边指着身后烧焦的肉。

"任何尸体。"它说，然后畏缩了一下。它抬起支架，露出被很多尖刺包裹的深色身体，"人，请离开洞穴。"

呻 吟

起初,每个人都告诉他后门廊闹鬼,让他把背包放在其中一个房间里,和其他人分享一张已经有人分享的床,或者睡在地上。可当他追问时,他们却说,好吧,准确地说也不是闹鬼,反正不是一直闹鬼。只有在你飞起来时才会觉得闹鬼。

"飞起来?"他问道,心想自己的英语原来没有想象中那么好。

"飘了。"一个名字是汉娜,但自称"小上帝"的女人说,"嗨了。"

是啊,他学过这些俚语,他明白了。飞起来也是一个意思?如果是这样,他就没事,他就不会碰上鬼,因为他只是来观察这个社区的,他要来生活一段时间,但不是成为其中一员,而且他是个滴酒不沾的人。

"一个什么?"小上帝小声说道,烟雾从她嘴角冒出来,螺旋上升。他用错词了吗?"无所谓了,哥们儿。"她说,"挺好。"

是挺好,他现在有了自己的房间。或者说是类似房间的地方,因为他们用废弃木材隔断了门廊,但风还是能吹进来。他从街上的旧货店买了一盏灯,连上了一根加长的电线;门厅里有半张床垫,如果他把背包放在床垫下的合适位置上,他就能舒舒服服地睡觉。房间里还有一摞坏了的椅子,萨默或者方恩斯塔——这真是她的名字吗?真的有人会选择这个名字吗——声称他们计划修理,但从来没人动过手。除此之外,房间里只有他。

白天时，他在集体工厂里走动并观察。开始时，他会记下每个人都在做什么，可有个叫"大挖掘"的男人告诉他，这样不行，观察会打乱他们的节奏，只要他写下来，情况就会发生变化，记录会导致改变，于是他不再做笔记了。他只是看着，之后在门廊里写下自己能想起来的、他认为重要的事情。

大挖掘说得没错。在那之前，每个人都关注他，关注他的笔记本。现在他不做记录了，慢慢地所有人都开始无视他；他们撞他、挤他，从他身边传递管子，绕过他拿杯子或盘子。他就像不存在一样，好像变成了鬼魂。考虑到他住在一个本来就闹鬼的房间里，这事也挺好笑的。他心想，自己身在一个社区，但又不是社区的一分子。这就好像同时活着又死了，或者活着但只有自己知道活着一样。

他太习惯不被人注意了，以至于有一天突然被一个人注意到时，他还颇感意外。那是小上帝，她盘着腿坐在地板上。她神志恍惚，比以往更嗨；她无神的眼睛扫过他，又扫回来，努力聚焦，仿佛第一次看到他，就像他很难被看到一样。"你还在这里？"她说，"我还以为你走了。"

是的，他说，他还在这里。

"还在写我们吗？"她问。

他承认，还在写，但某种程度上说他已经停笔了，他已经不怎么在笔记本上记录了。他还在那里，但不确定自己到底在做什么。

小上帝点点头。她转过身，向后伸手，抓起身后一张有着模糊红色团的粉纸。她从纸上撕下一块递给他，可即便近距离看这些图案，他也不知道那是什么。可能是张脸。可能是个人，也可能不是。

"谢谢，不用了。"他边说边把纸推回给她。

可小上帝只是摇摇头。他的手还在往外推，她却懒洋洋地伸出了两只手。她用一只手拿过纸片；至于另一只手，她好像慢动作一样伸出来，触碰他的嘴唇，再用指尖分开了他的双唇。他让她这么做，接着又让她把纸片放在自己的舌头上。这东西吃起来有点苦，但也只是一点儿。她把手指放在那里，放在他嘴里。"就那样含住。"她说，"别咽下去。"看到他点头后，她才慢慢收回手指。

也许那个纸片是个残次品，因为什么事也没发生。"等等，"小上帝说，"会来的。"但什么情况也没出现。时间过去多久了呢？感觉像是过去了很久，也许是几小时，但时钟的指针似乎没怎么移动。她给他纸片的时候是几点？他记不清了。可每次看时钟时，指针似乎都在同一个位置。

"你要去哪儿？"小上帝问。

什么？他没意识到自己要去什么地方，但确实，看起来他好像要站起来走路一样。他太担心毒品起效后的作用了，所以他压根儿没关注自己在做什么。他很焦虑。他需要让自己不再焦虑，因为毒品没有起效，因为那一片是残次品，或者毒品没有被认真涂在纸上——如果他们是那样制作毒品的话。他怎么知道他们怎么制作毒品？他不是专家，他从没说过自己是专家。

他的身后传来一个声音，他用了好一阵才明白，那是小上帝的声音。"你要去哪儿？"她大声喊道，或许是在之前喊道——他很难确定这是正在发生的事还是已经发生的事。他还能听到自己的声音，但声音来自一个他明知自己的身体不在那里的地方。谁控制了他的声音？"去我的房间。"这个声音在身后说道。这倒是很有道理，因为他的身体已经在那里了，就在门厅，等着他的声音追上。

到达门厅,被熟悉的事物包围后,一切似乎好了起来,又恢复了正常。没错,这就是他需要的,一点儿独处时间即可。刚刚的一切只是他的想象,什么都没发生,他没事。他捡起一本书,开始翻看。

一时间,书上的文字有着一种惊人的清脆感与清晰感,然后,它们开始慢慢跳动。"当我杀过人后,"他读道,"我堆起一堆石头,做成一个石冢,我记住那是谁,死在那里的是什么和死法。我的大脑就像这些石冢的地图。"

"搞什么?"他心想。这是什么书?他想把书翻过来看书名,可不管怎么翻,他都看不到书的封皮。当他翻开书的内页时,他看到的还是那一页,还是那些文字,可不知道为什么,他就是知道那些是一本还没被写出的书的内容,他知道自己读的不是一本书,或者说还没有成为一本书,而他从一个未来时间网中摘出了什么东西,而且自己没被缠住,就像鬼魂一样。

脑海里闪过"鬼魂"这个词时,他想起来,这就是那间闹鬼的屋子。他心想:我的大脑就像这些石冢的地图。

什么石冢?房间在他周围忽隐忽现。他发现自己的胳膊动不了了——突然间,他知道胳膊能动了,可他只能小心地动,以免折断自己的胳膊。他移动的速度非常慢,慢到好像没有移动一样。他的周围都是形状,他让自己的胳膊慢慢避开这些形状,防止相撞;那些都是他自己的形状,是他的身体曾经出现在这个房间中的位置,是空气怪异地飞速流动,时间重叠,并且被揉在一起。房间里也有其他形状,也许这就是其他人口中的鬼魂。可更让他害怕的是被十多个自己包围,有些一动不动,有些移动速度快到看都看不清。

房间里还有一个声音,那是一个呻吟声,他知道自己一直都能听到这个声音,过去他以为那是风穿过墙上的缝隙发出的声音,现在,他不敢确定了。耳朵靠近外墙时,这个呻吟声没有变大,反而变弱了。他能听到风穿过墙上缝隙时发出的哨声,可这个呻吟声是在呻吟,而且不是随便什么的呻吟,他的大脑告诉他,就是这种呻吟声。意识到这一点后,有一部分的他感到非常恐惧,可另一部分的他感到更加恐惧,因为他不确定自己到底明白了什么。

他倒在半个床垫上。房间在他周围跳动着,他自己的形状围着他,呻吟声越来越大。他觉得一切都在围着自己转,房间变得越来越黑,直到房间似乎不再存在,只剩下黑暗和呻吟。

随后,在那短暂的一瞬间,他看到小上帝出现在上方,拍打他,旁边的大挖掘说:"你觉得里面还有什么?"还有一脸震惊的方恩斯塔揉着他的太阳穴——是方恩斯塔吗?他把头微微转向一侧干呕起来,但什么也没吐出来,又干呕了一次后,他昏过去了。

他在医院醒来,背包被塞进床尾下面的空间。护士终于进来了,她点头微笑,和他交流的样子好像不像两人第一次说话一样。他显然和其他人说过话,说了好几个小时,或者说是他的声音说过话;毕竟,他只是从技术角度上死了,并没有真死——至少医生是这么告诉他的。医生说,这是一个重要区别,对他来说尤其重要。他到底摄入了什么东西?他是怎么来到医院的?他是走路来的吗?还是有人送他来的?

几天后,他觉得自己恢复了。医院最终放他离开,但没有人来接他。他的背包里装着他的所有财物,唯独少了笔记本,可当他回到那个房子准备拿回笔记本时,却发现那里被废弃了。门厅还是那个样子——钉着木板隔成一个房间,里面还摆着那一摞坏掉的椅子,半个床垫还在那里——他的笔记本却不在。房子的剩余部分大多被火烧成了空壳,而且明显是很久以前烧的,他不知道怎么会这样。

很多年来,他都忘记了这件事。在剩余的人生中,他像浪子一样,尝试一下这个,尝试一下那个;有一段时间,他差点流落街头。他学会隐藏自己的口音,又学会什么时候可以把口音变成优势,甚至故意夸大口音。他发表了几篇文章,出了一本书,随后又出了一本书。

突然间,他好像掌握了足够多的信息,以至于有人认为他可能是个有用的人。他得到了一份工作,每天穿着西装、打着领带和另外五个人坐在一起,思考或具体或抽象的道德和政治问题。有人提出问题,他们会大声争辩,直到声音沙哑。他们讨论、争论,桌子中心位置上一个装着绿灯的麦克风记录下他们的讨论,有人负责抄录成文本,再在付费要求讨论问题的人之间分享。这是一个奇怪的职业,有时他甚至想知道,自己是否身处某种特别的地狱。

直到有一天,当他思考如何警告数千年后的人类——那时语言可能都不再存在了——思考如何告诉他们某个区域很危险,那里的土地、空气和水里都是致命且看不见的毒药时,他突然想起来了。他想起了那次旅行,想起了房间里的鬼魂和呻吟;他全都想起来了,尽管时间流逝,可他的记忆还是那么生动、那么真实,那一瞬间他甚至确定自己还在那个门厅,而且飞起来了。我的大脑就像这些石冢的地图。他心想。呻吟声很可怕,他能感觉到自己的视线正慢慢聚焦于黑暗,他知道自己很快就会昏过去。

直到一只手碰到他的肩膀。"还好吗?"旁边的一个女人问他,她是行为心理学家,经常摆出一副主管的样子,尽管似乎没人知道她究竟是不是主管。他怀疑这个女人是用一种放松镇定的表情看他,可她表现得有些刻意了。他的视野还在轻微跳动。一

· 181 ·

部分的他在想,她长得有点像小上帝,可他知道那部分的他是错的:小上帝和她一点儿也不像。

他没有说出自己的想法。他说:"我没事。"接着,他没有对着身边的女人,也没有对着团队的其他人说话,而是转向带有绿灯的麦克风。记录带来改变。他心想。他在脑海里开始栩栩如生地想象,黑色玄武岩纪念碑和立柱摇摇欲坠,闪电和几千年、上万年不坏的机器为电子围栏发电,有毒气体和味道在缓慢释放,最重要的是,即便刮起最轻微的风,石刻与雕塑也会开始呻吟。

然后,他张开嘴,释放出了藏在心里这么多年的呻吟。

窗 户

他快睡着了。或者说,他已经睡着了,但却被声音吵醒。也有可能他是在做梦,根本没有醒来。事后,当他给朋友讲这个故事时,当他意识到自己无法展示到底经历了什么,或者以为自己有过什么经历时——他没有证据,只有隐隐约约、慢慢消散的恐惧感,他想到了以上三种可能。没有证据,他开始怀疑自己。显然,他认为已经发生的事,不可能真的发生,不是吗?以为自己做梦或发疯,总好于那样的事真的发生,不是吗?

听到那个噪声时,他在自己公寓最里面的卧室里。灯灭了,但也只是灭了一会儿,所以他不觉得自己已经睡着了。即便真睡着了,他也非常肯定自己立刻醒了过来。如果不是这样,他又怎么解释自己站在客厅,盯着那里看。

"梦游吗?"作为故事听众,他的朋友猜测道。

不,他不是梦游者,他从来就不是,家族里也没有人有这种症状。他的朋友电视看得太多了。他没有做梦。尽管他心里希望自己在做梦。

听到那个噪声时,他在卧室里。尽管那天晚上很热,尽管在那样的夜晚他通常会打开空调,但空调那时没有打开——如果空调打开了,即便只是低速运转,他也听不到那个噪声。他记得那天很热，但不记得自己有不舒服的感觉——他必须承认，这让人意外，但事实确实如此。如果想搞明白这件事，他就必须按照自己的记忆去讲述故事。他必须相信自己的直觉——如果不相信，那他还剩下什么能相信的呢？

"讲故事就行了。"这是他朋友的话。他的朋友无法理解，对他来说这都是过程，他必须理清纠缠在一起的各种印象，这样他才知道自己讲出来的故事有多少可信度，自己的经历又有多少可信度。但是好吧，他会尽量按照朋友希望的那样去讲故事：去简单明了地讲故事。他会尽力而为。

听到那个噪声时，他在卧室里。起初他以为声音来自外面，是鸟撞上客厅窗户发出的声音——这是他脑海中出现的第一个想法，一只鸟狠狠地撞在窗户上，一次、两次、三次。可噪声还在继续，而且声音也变了。他晕晕沉沉地躺在床上，只是听着，带着点儿好奇，但又半睡半醒，并没有真正听进去声音。有那么一段时间，他的想法从一只鸟在窗外变成了一只鸟在窗内。这时，他的精神集中了，他意识到，不对，那不是鸟：房间里有人。

他之前从未遇到过这样的情况。他不知道该怎么做。即便事情正在发生，他也不太相信。他起身下床，走到了卧室门口，可马上要跨过门槛时，他犹豫了，停在那里。他不知道该怎么做，也不知道该做什么。他该报警吗？不行，他的电话放在客厅，就是发出噪声的地方。他该留在卧室，直到噪声消失吗？也不行，他有太多不能被偷走的东西（不管偷东西的是谁）。他没有枪，没有任何武器，而放着刀的厨房在房子的另一个方向。

最后，他从床头柜上拿起一本书，他从一摞书里选出最大、最重的那本，用最快的速度悄悄朝客厅走去。

开始时，除了窗户透出的一点儿微弱的光，整个客厅都在黑暗中，他什么也看不见。在房间里，亮与暗的阴影交叉形成了奇怪的十字形，其中一些部分他能看见，其他部分他看不见。尽头的窗户在上方，半开着。房间里弥漫着一股味道，又苦又刺鼻，他想把这当作屋外空气的味道。然而，现实却不是这么简单。

最初，房间看起来空空荡荡。他站在门廊下犹豫，不知道那个噪声究竟是不是自己的臆想。就在那时，他看到有东西在移动。远处角落里的一个阴影流动起来，他看到一个暗淡的模糊形状。那看起来差不多是个人形，但是一个弯着腰、头朝下几乎快要翻过去的姿势，他觉得人很难保持这样的姿势。可也许他看到的只是一部分阴影，不是人体。它移动得很慢，好像没注意到他。它沿着墙壁慢慢移动，撞上了墙边的东西，发出短促和尖厉的撞击声——这时他意识到，自己听到的肯定就是这个声音——可它似乎也没注意到这一点，基本没有改变移动轨迹。它只是把前进方向上的东西继续向前推。

他想说话，可他嗓子很干，只能发出一种听不清说什么的咆哮声。不知道为什么，那个侵入者好像没有听到。它继续沿着房间边缘向前，和之前的移动速度一模一样。我应该感到害怕。他心想，然后猛地意识到，他刚才确实感到害怕——而那才是最奇怪的事。他感觉恐惧发生在其他人身上，"好像我在远离自己身体的地方观察一样"。

"也许只是场梦。"他朋友说。

不是，他说。没错，他当然考虑过这种可能，但是不对，他不觉得那是梦——尽管他也希望那就是场梦。他对朋友说，可那还不是全部，还不是最可怕的。他说，不要说话，听就是了，那只是开始。

他说话的声音很大，可那个人形没有注意到，而他感受到了

· 185 ·

一种奇怪的、远处的恐惧——仿佛恐惧就在他身边,但他只是被包在其中,被隔离开。当然,他已经感到过害怕了。在他认为房间里有其他人的瞬间,他就已经害怕了。可这不是同一种恐惧。这是另一层次的恐惧。

接下来,那个人形在一扇窗户前穿了过去——不是那扇开着的窗户,他对朋友说,而是关着的那扇窗户——恐惧感离他更近了。当那个人形走到光亮下时,他反应过来,自己能看穿它。那确实是人的形状和大小,但看不清楚,它的边缘是模糊的,好像它并非完全存在于这里,而是存在于其他地方,那个地方恰好与这个空间重叠了。它的边缘是模糊的,就算界线内的东西也在移动、也不清楚,好像他正在看一个东西成真的过程一样。但另一部分的他却在想,也许这东西正在停止变成真的。可即便在那时,那东西模糊不清,他还是能看出那是一个人的大小和形状,但那又不是人,这东西可能是什么让他非常害怕。

那东西似乎微微地闪着光,发出微弱的光线,尽管之前在阴影中时它没有发光。这个光亮似乎出自那个人形中,似乎就在看起来是头的部分与看起来是身体的部分相连的地方。这让他困惑了好一阵,直到那东西移动到更远的地方他才突然明白,他看到的光亮根本不是来自那个形状,而是来自它后面,他透过那东西看到了外面闪亮的街灯。他能看穿那个东西。

几乎没意识到自己在做什么,他就把手里的书扔了过去。书砸到了那东西,但直接穿了过去,甚至没有减速就砸到了后面的窗户,窗户抖了一会儿,书掉在了地板上。那东西突然停下来,好像突然听到什么一样,它转身面对窗户,手臂扭曲着,但它根本没注意地上的书。它的移动速度更快了,径直朝另一扇窗户、那扇开着的窗户奔去。

过了一会儿,它开始从开着的窗户挤出去,这时他才想到自己需要动起来。他向窗户跑去,在那东西骑在窗户中间时赶到窗边,急切地想在那东西出去后立刻关上并锁上窗户。可在着急做这件事的过程时,他把窗户关在了那东西身上。

可和书一样,窗户直接穿过了那东西。他没有感受到任何阻力,好像那东西根本不在那里一样。前一刻,窗户是开着的,那东西正在跨过窗帘向外跑。后一刻,窗户关上了,那东西被扯开了,被一块玻璃一分两半。

想到书从那东西身上穿过去的样子,他原以为那东西会继续移动,会慢慢地穿过玻璃,走进夜晚,直到消失在其他阴影中。然而,那东西迟疑片刻,然后突然狂甩四肢。很快,它就分成了两半,玻璃两边各一半。外面的那一半掉在灌木丛的某个地方后消失了。里面的那一半顺着窗帘滑下来,滑到地板上,瘫在那里一动不动。

等他跑过去打开灯后,他发现那东西经过的墙和地板上好像覆盖着血迹。而那就是它剩下的所有了。

他打电话报了警,讲了侵入者的事。他耐心地等警察到来,等待的同时,他始终盯着满是血迹的墙壁和地面。他注意到,血的颜色似乎在消退,污渍也在慢慢消失。在等待的过程中,他看着血迹彻底消失,只在地板上留下一片潮湿的痕迹。随后,这片痕迹也消失殆尽。

等到警察赶来时,房间里已经找不到任何可以证明发生过事件的痕迹。这里发生过什么事吗?他不禁想知道。也许,他真的是在做梦?

如果不是,那它究竟是什么?

他向朋友承认,不管是不是做梦,那天晚上他没有睡觉,接下来的一晚，再接下来的一晚，他都没有睡觉，因为他总觉得那事会再次发生。他害怕睡觉，害怕关灯。他觉得，把窗户关在它身上导致它意识到了他的存在，现在他能感觉到，在某个地方，就在看不见的地方，那东西正在尝试重新变成真实的存在，正在奋力回到这个世界。他伤害了它，现在，它可以伤害他。他醒着躺在那里，听着自己的心脏在胸膛里怦怦地跳，等待它的到来。截至目前，它没出现。但他觉得它早晚会来，而且他害怕，他知道，下次它再出现，一定是冲着他来的。

　　这就是他给朋友讲这个故事的另一个原因：他不仅想知道自己身上到底发生了什么，想知道自己看到的到底是不是真的——他也希望世界上至少还有一个人知道发生了什么，知道他认为发生了什么，好让世界上至少还能有一个人知道他日后为什么会消失。很快，它就会来找他，尽管他不知道会以怎样的方式。过不了多久，地板和墙上就会溅满他的血。他的血也许会消退，也许不会，但消不消退不重要，至少对他来说不重要，因为那时他已经死了，或者走了，或者既死又走了。

豁然开朗

I

他得到了一个用来写字的笔记本，律师借给他一支金色的拉丝钢自动铅笔，还声称那是真的黄金。"我借你这支笔，"他的律师递给他笔时这样说，"这样你就知道事情到底有多重要，有多严重，你就会尽全力回忆一切，然后写下真实情况。"

律师弯下腰靠近过来，眼也不眨地看着他，眼神很是沉稳。他眨眼没有普通人那么多。这个男人心想。有时他甚至觉得这个律师根本不是人，好像他只是假装是个人，但装得一点儿也不像。

"事关生死。"这个律师说，"这事就是这么重要。"

好吧，他对律师说，他会尽力而为。他会试着回忆。

这个男人也正想这么做。律师对他说："你能想起来的一切。"如果他觉得自己必须写下什么，但又不明白原因，他不需要理解那个事情有什么意义，他只需要写下来。他们可以在日后试着去理解。"我是你的朋友。"律师坚称，"我是你这边的。"这个律师声称，其他人可能想旁敲侧击暗示他，想说服他发生了什么事。他最好还是自行回想起真正发生过的事，而不是编造从未发生过的事。

"我不知道我为什么在这里。"男人承认道。

"好吧。"律师说，"能帮我们搞清楚情况的就是这个了。"他敲了一下笔记本,"写吧,除了我,不要给任何人看。"

医生告诉他,头部受伤的人不记得是什么导致受伤,或者不记得受伤前后几天的事,这种情况很常见。有时候,受伤的人会突然想起什么事,然后他就能想起一切。也许不是一切,甚至可能不是大部分记忆,但至少能找回一些记忆。如果他至少能想起来一些事情,那最好不过了。

根据他对自己剩余人生的认知,他不觉得自己会做什么错事。如果做了,他敢肯定事出偶然。

他一遍又一遍地对愿意听的人说这话。他们只是点头,好像愿意相信他,但又不相信他。有时,他们甚至有点儿怕他。跟律师说起这事时,律师甚至连头都没点。他看不出来律师在想什么。"别跟我说,写下来就行。"律师坚持这样说,"不管你能想起来什么。"

如果他真的做了什么错事呢?他真的想知道吗?

他认为自己想知道。就算自己真做了错事,比如谋杀,他也想知道。即便那时,他也觉得知道比不知道更好。现在,这个男人连自己是谁都不知道。他们说了他们的想法,说出了一个名字,但他觉得不对劲。那就好像他们在他额头写了一个不属于他的名字一样,他们能看见,而他看不见。他之前的人生显然一切正常,但突然被黑色笼罩。在那之后,所有的一切似乎都出问题了,他好像在过别人的人生一样。他好像被附了身。或者说,也可能是他附了别人的身。

医生也警告他,有时豁然开朗的情况不会出现。有些时候,你永远不知道到底发生了什么。他想去感受这方面的感觉,想去担心或焦虑,可他还在吃药,这让他很难感受正在发生的事情。

后来，他才慢慢有了感觉，而那时已经晚了。

II

第一次醒来时，他甚至不知道自己身在何处。他的眼睛很难聚焦，下巴很疼，嗓子也很酸。他试着吞咽了几次，干呕之后他才意识到自己嗓子里被插了管，让他没法咽口水。他想起来了——如果现在他的记忆是正确的，没有在编造的话——之前他盯着一个圆形的模糊光点，这个光点从亮白色慢慢变成了淡粉红色，就像即将熄灭的灯丝一样。

他眨了眨眼，视线或多或少终于清晰了起来。他的周围是一圈面孔，可这些面孔的下半部分都不见了——他只能看到他们的眼睛。整整一圈眼睛，很严肃，意有所指，都在盯着他。

事后有人提出："也许这些人是医生，他们的脸被口罩遮住了？"

"是谁提出的这个观点？"他现在想知道，"他们为什么希望我相信？"不管怎么说，那时他不认为那些人是医生。那时，他只把他们看作没有下半部分脸的人。

这吓坏了他。

随后，这些只有一半脸的人开始发出声音。这让他更害怕了。

他晕过去了。

第二次醒来时，情况有所好转。只有一半脸的人没那么多了，他的周围没那么多眼睛了。实际上，他周围没有眼睛，至少他看不到眼睛。他是独自一人。

他躺在某种床上，但那不是他自己的床。床边的固定轨道上挂着帘子，不过大部分已经被拉开。他能看见东西：白色的墙，一个金属托盘，还有反光的地板。他的身边好像重新有了一个完整的世界一样，而不是人只有一半脸的半个世界。

他闭上眼睛，大概睡着了。等他再次睁开眼睛时，在床尾的方向，他看到门边有一个看守。他似乎有一张完整的脸。他坐在一张椅子上，双臂交叉抱在胸前，半睡半醒但又僵直得像个硬纸板。

男人想说话，可他一个字也没说出来，只发出奇怪的呜咽声。那时他才意识到，自己嗓子里还插着管子，而且脸上被他们绑住胶带固定位置的脸颊也很僵硬。

看守这时也醒了，他看着他，然后对着肩上的对讲机说了些话。

一切变得模糊起来。

男人翻白眼昏过去前发生的最后一件事，就是看守的对讲机发出爆裂的声音，他的下半部分脸开始消失。幸运的是，男人终于昏过去了。

大概就是在这些时刻之间，在他第一次醒来和第二次醒来，以及第三次醒来之间，他做梦了。

可就算做梦了，现在他也不记得了。不是一个梦。但他确定，如果自己能想起来，那一定是噩梦。

稍晚时候，有人在轻柔地触碰他。随后，他们开始非常温柔地摇晃他。

"宝贝。"一个女人的声音说，"宝贝，醒一醒。"

那是他母亲的声音。那一瞬间，他以为自己回到了家里的床上，正在睡觉，而她正在叫他起床上学。她一直都是这么叫他起床的。先是轻柔地触碰，然后温柔地摇醒他。可她为什么没叫他的名字？另外，他的名字是什么？

"宝贝。"她很坚持地又叫了一声，于是他睁开了眼睛。

只不过，他不在家。他在医院的病房里，那个人也不是他母亲。那甚至不是女人。事实上，根本没有人。

他躺在那里，头上裹着纱布，几乎成了无名氏，他害怕。

若是拼命回忆，他似乎能想起警察局长站在床边，向他宣读罪名。谋杀罪，是这个吗？多项谋杀罪？好像是四项？他不确定这发生在什么时候，也不知道这与发生的其他事怎么联系在一起。但他能想起来。不管怎么说，他几乎可以确定自己能想起这件事，除非这是他在电视上看到的。

"如果觉得自己必须写下什么，那就写下来。""谋杀？"当警察局长宣读完罪名后，男人这样说道。他的声音听起来也不像他的声音，仍然因为插进嗓子里的管子而变得嘶哑。"你确定你找对人了吗？"

警察局长冷冷地点了点头，他的嘴抿成了一条直线。男人听到自己的母亲在哭。他的父亲别扭地将手臂搭在他的肩上，试图安慰他。

当然，最后这部分都是他的想象，因为他的父母已经死去很多年了。但他几乎确定，剩余部分应该都是真的。

他心想：谋杀？不，这听着不对。即便是现在，这听起来也不对劲。可他还有什么可坚持的呢？

又是一段早期的记忆。一个男人拨开帘子来到床头，他拉过一把椅子，因为太近了，他好像也在床上一样。

"你他妈的到底是谁？"床上的男人问道。

"注意你的语言。"另一个人说。"给人留下好印象。每件小事都很重要。我是你的律师。"他说,"你父母聘用了我。"

"我父母已经死了。"男人说。

律师没有理会他。"我会做你的代理人。"他坚持这样说。"这都是为了什么?"男人问道,"平时都是这么做吗?"

"不是。"律师回答,"但你的案子很特别。"

"谋杀是怎么回事?"

"谋杀?为什么你没跟我说?"律师问他。

可他想不到有什么能跟律师说的。这就是他现在拿着自动铅笔和笔记本的原因,他想写下来,想让一切变得合理。

这儿有一个看守。有时他能看见看守,有时看不见。他不知道这个看守究竟是在保护他,还是为了防止他逃跑。

看守在时,他会坐在帘子外面的椅子上。有时他会看书,或者对着肩上的对讲机说话,要么清理自己的手枪。大部分时候,他只是坐在那里,等待或者睡觉。有时,如果帘子开着,这个看守会打量男人。

"谋杀是怎么回事?"男人问道。

"谋杀?为什么你没跟我说?"律师问。

但他根本不记得,什么也不记得。他只是无助地看着自己的律师。

"好吧。"过了一会儿律师说道,他的声音低到看守听不见,"也许你没有……"

不对,等一下,发生这段对话时,看守根本不在那里。这段对话是在看守出现前发生的。他又糊涂了。那里只有他和他的律师。律师肯定是用正常声音说的话。

"也许你真的不记得了。"律师用正常的声音说,"你被指控杀了四个人。你觉得他们是谁?"

他无比震惊,什么话也说不出来。

"你觉得他们有多少岁?"律师问道。

"等一等。"男人说,"四个人?我?"

律师没有回答。"你觉得他们有多少岁?"他又问了一遍,好像他在按照剧本问话一样。

"我怎么知道。"男人说,"正常年龄?"

"什么是正常年龄?"

"这些问题很奇怪。"男人说,"你为什么问我这些问题?"

"你知道他们说你是怎么杀人的吗?"律师问他。

"用枪?刀?毒药?还是只用手?"

"我甚至不知道我杀了人。"男人说。

律师点点头:"很好。他们问你时就这么说。"

"你不相信我吗?"

律师又用那种没有感情、不眨眼的眼睛看着他,他好像既不是不相信,也不是相信。"这不重要。"他说。

"为什么不重要?"男人很困惑。

律师对他冷笑道:"你为什么觉得重要?"

那就是问题所在,不是吗?他一直没搞明白。

"至少告诉我,我是怎么做的。"他说。

"用枪。"律师说,"据说你用枪射杀了四个人,随后试图开枪自杀。"他用手指着男人头的一侧,也就是缠着绷带的地方。"后一件事你显然没成功。"他说,"你觉得自己做出足够努力的尝试了吗?"

男人深吸了一口气。他的嘴很干。我终于得到点信息了。他心想。"我杀了谁?"他问道。

"用刀。"律师说,"据说你用刀捅了四个人,然后试图割开自己的喉咙。"他用手指着男人的脖子,男人这时意识到,这里也包着纱布。

"等等。"他说,"你刚说我用的是枪。"

律师笑了。"你用的是手。"他说,"据说你把四个人活活打死,然后想用头反复撞墙的方式自杀。"他又指着男人头的一侧。

"等一下。"男人说,"我以为你是来帮我的。你干吗要把我搞糊涂?"

"用毒药。"律师说,"据说你一个接一个地毒死了四个人,然后自己吞下毒药试图自杀。"他再次指着男人的脖子,"吞咽起来很疼,是不是?"

"快停下!"男人说着闭上了眼睛,"停下!"

等他再次睁开眼睛时,他已是孤身一人。

III

有些时候,那个律师确实能帮上忙。比方说,律师警告他医生会来检查。如果他通过测试,他就会被移动到其他地方。"去哪里?"男人想知道。"你确定自己做好换地方的准备了吗?"律师问他。可男人不得不相信,任何地方都比这里好。"只是你要记住,不要别人说什么你都附和。"律师说道,"反抗。不是也许发生了什么,不是本该发生什么。你想起来什么就是什么,如果想不起来,就说自己想不起来。"

"但我什么也不记得。"男人说。

"那就更好了。"律师表示。然后他伸出手,要拿回笔记本。

男人差点留下笔记本。即便他还是把笔记本递了过去,可律师费了很大劲才从他手里拿走。

律师开始读笔记本里的内容。在男人看来，这个律师的阅读速度比他见过的所有人都快——要么这就是事实，要么吗啡或者其他药物导致他周围的世界加速运转。这个律师几乎刚开始看，就看到了最后。合上笔记本抬头时，这个律师的脸极其扭曲且愤怒，你很难觉得那是人的脸。

"不！不！"他大喊，"不是'他'！用'我'称呼你自己！"

"好的。"男人说，"对不起。"

"你有什么毛病？"律师说道。

"我不知道规则是什么。"男人说。可他脑子里的什么东西立刻把这句话翻译成：他不知道规则是什么。

就在律师准备说话时，大厅那边传来一阵噪声。律师摇摇头，把笔记本递了回来。他用手指按在嘴唇上，慢慢退出房间，留下男人一个人。

我需要思考到底发生了什么。我应该试着回忆，而不是在头脑里编故事。我的头脑。我……

不，"我"听起来不对劲。我做不到：是"他"。

他应该试着回忆，而不是在他的头脑里编故事。可这很难，尤其是在他独自一人时。

他心想，就是现在了，等声音响起时，等全脸和半脸开始出现时。现在，轮到他亲眼看了，就像在梦里一样苍白而陈旧，要么看到自己到底做了什么，要么看到虚假的现实，看到被魔鬼或者上帝带到这里来受罪的自己。

然而，没有东西出现。什么也没有。

"谁能确定呢？"他听到医生在大厅里说话，"头部受伤无法预测。"男人听不到和医生说话的那个人怎么回答。

"我不推荐。"他听到医生这样说,然后又听到:"我可以阻止你,但我不会。"

过了一会儿,一个警察模样的人走了进来。他把一个录音机放在床边的柜子上,然后按下开关。

"让我们开始审查吧?"他问。

"审查?"男人回应道。

"说出你的全名。"警察说。

男人想说话,可他的嘴动不了。"在记录中注明,对象没有名字。"警察说。

不是的,男人坚持道,他不是没有名字,他只是想不起来。

警察微笑着无视了他。"你愿意坦白吗?"他问。

"坦白什么?"

"有两个证人看到了你。"他说,"一个男人和一个女人。"

"我的律师不该在场吗?"男人问道。

"你的律师?"警察反问,"他能起到什么好作用?"

"我只是觉得……"

"你不会真的认为两个证人,两个可信度都很高的人有理由说谎,不是吗?"

"我不知道。"他说,"也许他们只是搞错了。"

"我们只是聊聊。"警察说,"非正式聊天。我们都是朋友,不是吗?"

"你说是就是。"男人说。

"我确实这么说了。"警察表示,"他们看到了。他们藏在桌子下面,可你还是找到他们了。幸运的是,你是在找到其他人之后才找到的他们。"

"这些我都不记得。"他说,"听起来不像我。"

警察微微眯起眼睛。他说:"他们说的是,你让他们出来。你看着自己的枪,然后笑着说,'只剩一颗子弹了,我该怎么选择?'想起来了吗?"

"没有。"他说,"所以说,是枪?"

"一二三四五六七,还是想不起来吗?"

"想不起来。"

"最后选的是男性证人。你拿枪指着他,他觉得他肯定要挂了。你们这代人还这么说吗,要挂了?"

"我不知道。"男人回答。

"那是什么感觉?看着一把枪对准自己?你能想象那是什么感觉吗?"

男人什么话也没说。

"事实证明,你可以。"警察说道,"因为很快你就掉转枪口,用枪指着自己的脑袋,然后扣动了扳机。"

警察继续看着他,观察他的表情。男人让脸上露出松弛的表情,静止不动,但脑子却在飞速转动。

"警官,我想跟我的律师谈谈。"他说。

"警官。"这个警察笑着说,"你以为我是谁?"

"是警察。"他回答。

"警察?"他又笑了。他笑得太厉害,以至于下腭消失了,只剩下上半部分的脸。"啊,你要笑死我了。"他空洞地说。

听到这话,男人晕过去了。

IV

医生把一小束光照进了他的眼睛里。"感觉怎么样?"他问道,"休息得多吗?"

"总有人打扰。"男人说道,"他们总是吵醒我。"

"哦?"医生说道,"人?谁?是勤杂工吗?我会跟他们谈的。"

"每一个人。"男人表示,"警察,我的律师,所有人。"

"警察?你为什么还有律师?"

"因为他们认为我干了那些事。"他回答。

当医生不再用光照他的眼睛,而且靠得更近看他时,他知道自己犯错了。"那你说他们以为你做了什么?"医生问他。

男人注意到,他的声音变了。之前他是漫不经心的声音,很普通。现在,他发出了随意的声音,但却是刻意的随意——好像他在一步步逼近时不想吓跑男人一样。

那一刻,男人什么话也没说。然后他说道:"你是医生,对不对?"

医生点点头,回答称:"严格来说,是的。"

严格来说?

"而且我在医院?"他问。

"是的。"医生略微皱起眉头,"你可以这么说。"

"而且我病了?"

医生笑了,他说:"我觉得毫无疑问,你是病了。"

"你还是什么都不记得吗?"他的律师问。

"医生让我休息。"男人回答,"我不该跟任何人说话。我都不知道你是怎么进来的。"

律师不理会他。"明天我们会全力出击,"他说,"打出我们所有能打的牌。"

"请让我一个人待会儿。"男人说,"请走吧。"

"继续,你就这样吧。"律师说,"看看这对你有什么好处。"

他的头开始疼了。伸手摸包在头上的绷带时,他的手指沾上了血。他应该呼叫医生,可他想先写下来,尽管他的手指在颤抖,血还滴在了纸上。他怕死,可他更怕遗忘。

开始流血前,他做了个梦。他是在做梦,但也醒着,弓着身子躺在床上。他看到人们冲出建筑物,把椅子扔向窗户,自己也飞身撞向窗户,他还听到了警报声。这不对劲。他好像在看一个难看的电视剧一样。他能看到忽动忽停的黑白色人在跑,而且自己就是他们其中一员。在梦中,他吓坏了。

他的头为什么这么疼?是谁让他陷入这种境地?有人用他的身份过了几天,然后离开,留下他背黑锅吗?他疯了吗?是这个世界从缝隙处开始分崩离析了吗?

他还坐在那里,拿着那支借来的、特别的笔,他按了下笔,以便露出更多铅芯让他写字,突然间,整个世界仿佛开始解体一样。他的大脑里出现哼唱声,怀里的笔记本似乎离他无比遥远,仿佛远在几英里外,而且正在被黑暗的脉络吞噬。一瞬间,这一切全都消失了,一眨眼就没了。

醒来时,他的身子已经落在床外,笔记本则掉在地板上。看守在门外的椅子上,还在睡觉。他没有被吵醒。他怎么可能没有被吵醒?男人不知道自己这样在地板上躺了多久,但时间长到足以让他头部左边的绷带浸满血,还在医院的地板上形成了一摊血。

他奋力拿回了笔记本,也拿回了铅笔,只是伸手够这两样东西让他眼前黑了好一阵。他的胳膊渐渐有了麻意。他想法把笔记本放在床单下面,又奋力拉着床尾,直到自己平躺下来,他头上的血浸湿了枕头。随后,他伸手去够呼叫按钮,可他的手指先碰到的却是释放吗啡的按钮。

他就这样按了下去。他的头脑不怎么清醒。他感觉自己的大脑像被塞满了棉花一样。他知道自己该按呼叫按钮,也知道自己还在流血,可他怎么也找不到那个按钮。然后他心想,好吧,只需要闭上眼睛休息一分钟,他就能喘过气来。

他最不想做的就是躺在床上,失血而亡。他最不想要的结果,就是血慢慢汇集在他的脑袋周围,直到自己死去。

他感觉自己好像在溺水,或者是被呛住了。他仍然闭着眼睛,可他正在苏醒,虽然昏昏沉沉,但还活着。他睁开眼睛,发现自己被什么东西盖着。什么东西盖在了他的脸上。不对,应该是压在他脸上,让他感到窒息。他想大声喊叫,但只发出了一个沉闷的声音,甚至不能算人类发出的声音。他不能呼吸。耳朵里,他能听到的心跳血流声越来越慢。他只是在苟延残喘,喉咙里现在也都是血。在那一刻,他只能用这种方式呼吸。很快,他连用喉咙呼吸也做不到了。

可能几个小时后,他醒了过来,看到一张医生的脸。
"发生了什么?"男人问道。
"你想死。"医生回答。
"警察在哪儿?"他问,"律师在哪儿?"
医生用一种奇怪的表情看着他。"警察在他们该在的地方。"他说,"你说的律师是什么意思?"
这不可能是真的。他有律师,他的律师来拜访过他。
"不是的。"医生解释道,"从你住院开始,没有人来看过你。"
可是,可是,可是,他说,也许他们来过,只是没人看到他们。没错,肯定是这样,绝对没错。
医生摇了摇头。"不是的。"他说,"我们有非常严格的流程。

没有人能在我们不知道的情况下进出这里。"

他知道自己应该保持沉默,他知道自己又说多了。

"注意语言。"突然出现在旁边的他的律师斥责道……

等一下,这也许发生在同一段对话中,也许发生在其他对话中。所有的一切都混在一起了,而且他头脑特别昏沉,什么也想不清楚。他怎么可能知道一件事什么时候开始,另一件事什么时候结束呢?

医生没理会律师。这大概意味着他根本不在那里。可既然我在讲故事,我就要让他留在那里。我指的是"他"。既然他在讲故事,他就要留他在那里。如果他是男人的律师,那他就应该在那里。

医生没理会律师,反过来,他盯着男人看。

"我父母在哪里?"男人问道。

医生疑惑地看着他,开始翻阅他的病例。"我以为你父母去世了。"他说。

"我一直跟他这么说。"男人边说边冲着律师点头。

"不要听他的。"他的律师说,可男人不确定律师究竟是在对自己,还是在对医生说话。

不管怎么说,医生似乎没听到他的话。"跟谁说?"他问道。

"你父母累坏了。"律师表示,"我跟他们说,只要医院同意,我就会留下来陪你。等他们感觉好点就会过来看你。"

"如果他们已经死了,又怎么会感觉好点?"

可是等等,他怎么搞糊涂了?那根本不是他的律师,而是个护士,她也没有谈论他的父母,而是让他用眼睛看她移动的手指。

"很好。"她说,"很好,很好。"

医生已经退到另一边,手指在一个平板上划着——至少医生还在那里。男人仔细看着护士,以确保她不是做了伪装的律师,不过即便真是伪装,对方的伪装也好到他看不出来。

一种液体碰到了他的嘴唇,他的舌头好像着火了一样。随后,他处于半睡半醒状态,看到了排成长长队列的人,这些人的身体给人一种血已经流干的样子。他知道自己正在观察一群死人,那是一长串鬼魂。他们用缺失的下巴冲他点头。他们挥手致意,然后张开双臂。

医生就在他旁边,穿着他那闪亮的白色外套。他身边也有一个护士,要么是同一个护士,要么是另一个护士。

"感觉怎么样?"医生问道,"让我们看看那个头。"

哪个头?男人忍不住心想,他总是觉得医生会拿出一个头,可医生却伸手摸了他的头。一阵痛感传来,他明白,有问题的头肯定是自己的头。

医生终于停手,不再碰他。"本有可能更糟糕。"他说。

他开始拆下伤口上的敷料,上面已经浸满了血。护士拿着一个搪瓷便盆接着这些被揭下来的敷料。每当她把敷料扔进便盆,就会发出一种潮湿物体击中硬物的声音。

医生盯着伤口看了一会儿,他皱着眉头。

随后,他们又把他的头包了起来,医生开始在一个写字夹板上写什么东西。

"发生了什么?"男人终于开口问了。

"嗯?"他回答,"流血问题。你的大脑在肿胀。我们不得不钻一个孔,放一个分流管进去释放颅内压力。几天后你就能好起来。"他微笑着说,"到时候我们再植入平板。"

"平板?"

他点点头。"没错。"他说,"没什么好担心的。我们会在上面植皮,没人知道那东西在那里。"他转身对着护士说:"让他休息一会儿。"然后他给男人注射了什么东西。

但我会知道就在那里。他在迷迷糊糊中这样想,医生也会知道,护士也一样。任何看过笔记本的人也是如此。这怎么能算没人知道?

V

又是一个早晨,阳光从窗户照射进来,空气中飘着灰尘颗粒。一个护士在房间里走动,微笑着。她更换了便盆,然后在一个勤杂工的帮助下,将他抬到了另一张干净的新床上。这个过程有点儿疼,但他死不了。等他们设置好新床的制动系统,又把旧床推走后,他才开始放松。

大厅里的声音将他吵醒时,天正在变黑。这个声音最初很轻柔,然后慢慢变大。没过多久,他的律师掀开帘子走了进来。

看守回来了。帘子现在被打开,男人可以看到他站在门口处的大厅里。他用奇怪的姿势靠着墙,僵硬得像一块板子。

"你好。"律师说,"感觉好点了吗?"

"没觉得。"

"我们时间不多。"律师表示,"你看文件了吗?"

"文件?"

"是的。"他说,他不再那么冷静,"我跟你说过把东西留下了。我问你明不明白,你说你明白。"

"我什么都不记得。"他说,"我从没看过任何文件。"

律师沉默地看着他。"好吧。"他终于开口说话,"那我们就没什么好说的了,暂时没有。那东西塞在床垫下边。"

男人想伸手把东西掏出来,但律师却摇头拒绝。示意在他走

· 205 ·

之前，不要拿。"

看到看守还是没动，男人从毯子下把手伸进了床的侧面。他用手指在床垫下摸索，想要寻找所谓的文件。

可那里什么都没有。

起初他心想，好吧，也许是律师把文件塞得太靠里面了。没问题。他迅速蹭到床边，确保肘关节前的手臂全伸了进去，再用手指到处摸索。可他还是没有触碰到任何东西。

好吧，他心想。律师上一次来访时坐在这边，不等于他再上一次来访时不会坐在那边。所以男人勉力来到床的另一边，把手伸了进去。

还是什么都没有。

他躺在那里，盯着天花板上的夕阳看了一会儿。

"有人拿走了。"他心想。

可是谁呢？

是警察，还是看守？或者是他的医生、勤杂工，还是护士？

又或者，他的律师根本没把东西留下来。也许他忘了。也许他只是想让男人以为他把东西留下来了。

所有这些想法在他的脑子里飞速转动，慢慢地让他无法自拔。然后，他终于想起来，他们换掉了他的床。他们把他从一张床搬到了另一张床，还推走了第一张床。文件肯定在另一张床的床垫下面。

他按了呼叫按钮。他可以找来护士，让她找到那张床，再把文件拿给他。他需要那个文件。他需要看看自己到底做了什么。

他按下按钮等待，可没人过来。他又按了一下。还是没人过来。

这次看守还在那里吗？当然，为什么不在呢？就把他放在那儿吧。让我们假设男人从帘子的边缘处能看到看守的肩膀。

"你好？"男人叫了看守，"你能帮帮我吗？"

看守没有动。他就停在刚才的位置上。

"你好？"男人又叫了一次。

发现看守没有回答，男人非常小心地把脚移到床边，接着把脚滑到床下。他用胳膊撑着自己，直到坐了起来。即便这些动作，对他来说也过于繁重——他的脑子就像潮湿的沙子一样来回晃荡。他能感觉到血液在头骨里嘭嘭地跳，他能想象到包裹着头部的敷料开始渗血。他费了好大力气让腿也立在地板上，顿时感到一阵恶心的浪潮袭来，随后慢慢消退。

就这么突然，他站起来开始走路了，他感觉自己的脚在下方，在非常远的地方。他用尽全力才能保持直立。

他走到帘子边，在帘子的另一边，他发现根本没有看守。他以为的看守，只是硬纸板做出的一个粗糙轮廓。用作头的圆板处写着"看守"一词，这几个字母看起来像一张变形的脸。

心里非常害怕的他跌跌撞撞走出房间，却只发现了一个灯光昏暗的大厅，里面到处都是灰尘，而且无比安静。大厅里只有房顶的几盏灯还能正常使用，其他要么发出暗红色，要么彻底熄灭。一面墙边堆着更多硬纸板。有些似乎被用了很久，剩下的几乎没有使用的痕迹。一个上面写着"护士"，另一个上面写着"警察局长"，第三个上面写着"律师"。一个上面写着"勤杂工"，背面写的是"第一报告人"。还有一个上面写着"第二报告人"。几乎每个他都见过，还有几个他还没见过。

在靠后的地方，一个硬纸板上写着"母亲"，另一个写着"父亲"。可这两个纸板的头部几乎都被撕掉了。

这两个硬纸板后面还有四个硬纸板，每个硬纸板的头部位置都被烧出了一个小洞。

他想找一个出去的门，可这里只有大厅，看起来没有尽头。他在大厅里走，没等他反应过来，他就回到了硬纸板边，他根本不知道自己是怎么走回到这里。现在，尽管他没有动，但律师被摆在了最上面。他心想，这肯定有什么意义。可他想知道，"医生"在哪里？

不知所措的他想回到自己的房间，却只发现一个硬纸板被贴在大厅里他的房间所在位置的墙壁上。他推了推，可那只是一块写着字的硬纸板，上面写着"门"。除此之外，那什么也不是。

"你好？"他听到一个声音说道，转身后，他看到了医生——看起来有血有肉，不是硬纸板。医生是怎么来到这里的？为什么刚才他没看见？男人感觉到医生在触摸他的胳膊，可这个触摸却有种不对劲的感觉。

"你离开自己的房间做什么？"医生问道，"你是怎么出来的？"

他想回答，可张开嘴后，他却什么也没说出来。他想打手势告诉医生哪里出了问题，可他的手很僵硬，根本动不了。

"来吧。"医生说，"跟我走。"

他还在犹豫时，医生伸出手，轻而易举地就抓住了他的一只胳膊。他拉着他朝"门"的字样走去，不知道为什么——男人看不出来——门开了，他回到了自己的病房。

医生让他站直。有那么一段时间，男人在一个写着"镜子"的棕色方块上看到了自己的倒影，他意识到，自己也是用硬纸板做出来的粗糙轮廓，他那单薄的胸膛上潦草地写着一个名字，有些笔画被画掉,还有些被擦掉,这让他的名字变得难以辨认。

"好了。"医生说,"这样是不是好点了?"

可他不知道该说好还是不好,因为他不明白到底发生了什么。他动不了。

他听着医生聊了一会儿,随后医生看了一眼表,接着说:"我们让你休息一会儿吧。"

他让自己被平放在一块写着"床"的硬纸板上,因为他想不到任何办法能阻止对方。医生离开了房间,等他离开后,男人身边的世界变得更加简陋。

他躺在那里,祈祷这个世界还有些花招没有用完,他祈祷至少有一些花招,能给自己带来好处。

过了一段时间,也许是一小时、一天、一个月甚至更长,他终于又能动了。他的手里拿着一个笔记本。有人递给他一支笔,让他写字。

这就是他的报告内容。他按照你的要求,记录了自己能够回想起来的一切。他一直保守着秘密,除了你,他没给任何人看过。

现在,我们需要你来告诉我们,到底该怎么理解这一切。

血　滴

I

他们碰巧看到了一个小镇，想要接近时，却被人用石头赶走了。或者说，是卡尔斯登被赶走了。尼尔斯留在了那里，在墙脚下恳求着，他被打中了，紧接着又被打中了。等卡尔斯登大喊让他快走时，尼尔斯转过身，却又被打中了。这一次被打中的是头，他倒下了。

倒下时，血从他的头上流了下来，在看到尼尔斯倒下去的短暂瞬间，卡尔斯登觉得自己看到了骨头。可在快速跑走的过程中，他又开始怀疑自己。他看到的真的是血和骨头吗？还是说，他是在说服自己这么认为，因为他希望相信尼尔斯已经死了，已经不再是自己的负担了？卡尔斯登沮丧地摇了摇头，转身往回走。

他在石头的投掷距离外停了下来。尼尔斯瘫倒在靠近墙的地方。也许他死了，也许他只是昏迷不醒。

他用手罩在嘴边，大喊朋友的名字。当他们听到他的声音时，站在墙上的人朝他扔了几块石头，但没有一块石头砸到他。在墙脚下，尼尔斯一动不动。

"尼尔斯！"他再次大喊。

也许尼尔斯昏过去了，也许他就是死了。他也有可能因为受伤而无法移动——比方说，颈部骨折，或者脊椎受伤。

但不管怎么说，卡尔斯登没办法救他。

"尼尔斯！"他喊道，"你能听到我吗？"

没人回答。卡尔斯登该做什么？他不得不放弃尼尔斯。他别无选择，只能离开。

他开始向远处走，可又没办法让自己走得太远。

他脑袋里有一个声音说，尼尔斯曾经帮助过他，他也应该帮助尼尔斯。但他脑袋里也有其他声音提出了反对意见。不过一段时间过后，第一个声音占据了上风。

他假装自己要离开。如果尼尔斯受伤了，但是清醒的，卡尔斯登希望他不会看到这个场景后以为自己真的离开了。可如果尼尔斯真的这么认为，那他也无能为力。

他走进树林，在树木间穿行，从远处绕了出来，慢慢接近墙的一角。

"他们没有怀疑我。"他对自己说，"他们以为我看到朋友被石头砸死后自己跑了。可他们没有考虑到这一点：我怎么知道我看到了什么？"

是的，尼尔斯大概是死了，但这并不是确定的结果。也许他死了。可他又想，也许这个"死"和死不是一回事。也许他没死，还被拖到了安全地带。

安全？卡尔斯登心想，这到底什么意思？他们出来寻找小镇，就是因为在树林他们没有吃的又不安全，有可能很快就要面对死亡。如果一个小镇都不愿接受他们，还有什么会愿意呢？

他蹲在树林边缘的灌木丛里。他等待着，看着天空中的太阳慢慢落下。

"我会等到正确的时候，"他告诉自己，"然后我会把尼尔斯拖到安全的地方。"

安全？他心里又在想。

我怎么知道什么时候是正确的时候？他心想。

正确的时候出现过，但他错过了。或者说，正确的时候压根儿没出现。谁又能知道什么时候是正确的时候？太阳亲吻了墙的边缘，一切好像膨大起来，红得像血一样，紧接着，太阳落到墙后，然后彻底消失。光亮逐渐消失，空气仿佛停滞了一样，他心想：就是现在吗？可他不该等到天黑吗？

他在灌木丛中移动，眨着眼睛，突然间，也许也没那么突然，天黑了，那是一个没有月亮的夜晚。天太黑了，几乎什么也看不见。

他摸索着走出了灌木丛，走上了凹凸不平的地面。他身上有火柴，但数量太少不能浪费，而且守卫可能还在墙上，他们会看到火苗。不行，他不能用火柴。

"尼尔斯已经死了。"他推断，"我该放弃他。这事没有意义。"

他继续向前走。

等他抵达他认为尼尔斯的所在地时，尼尔斯却不在那里。他的手掌稍微离开地面，四处摸了摸。他的手掌能感到青草划过时的刺痒，但却摸不到人的身体。他前后走了几步，过了一会儿，他不再确定树林在什么地方，也不知道墙在哪里。这里有地面，有草，有时还有石头，但只有这些。

他蹲在地上继续搜索，他把手伸在前面，摸索着。

过了一会儿，他站了起来，向前移动，准备寻找一个新的搜索地点。几乎在一瞬间，他就撞上了某个东西摔倒了。只听咕咚一声，他狠狠地向下倒去。

他听到一声大叫，在自己上方看到一个光亮。他的手掌下方不只是泥土或青草：那可能是编织得很粗糙的布料。他双手向下按，试图摆正姿势。他听到更多喊叫声。灯光正好落在他的头上。他站起来，撒腿就跑。

什么东西重重地砸在他后背上。他继续跑，后背抽动着疼，而且一次又一次地被砸中。然后，什么东西砸中了他的后脑勺，他的视野瞬间炸开，眼前出现了奇怪又鲜活的黑暗。

II

醒来时，他发现外面有亮光。他的手部的骨头因为寒冷而疼痛，身体的其他部位也非常冰冷。

他稍稍转动脑袋，发现自己比想象中更靠近墙壁。至少在他看来，墙上没有任何人。他把头转向另一边，在脑袋里听到了颅底摩擦地面的声音。

他坐了起来，环顾四周。身边只有光秃秃的地面，草和泥土上结着一层白霜。尼尔斯不在这里，可土地上浸满了血，那肯定是他躺倒的地方。卡尔斯登摸了摸自己的后脑勺，他龇牙咧嘴，抓了一手血和泥土。

不久后，他站起来，摇摇晃晃地向树林走去。他总觉得会听到大叫，有人会大声呼喊，然后石头会再次从墙那边飞过来，可他只能听到自己的脚踩过青草的声音和自己沉重的呼吸声。

"另一个小镇。"他在穿过灌木丛，走进树林时对自己说，"还有其他小镇，除了这里还有其他地方。其中一个可能会接纳我。"

最开始，他知道自己往哪里走，或者说他以为自己知道。可随着周围被树包围，他丧失了方向感。太阳不见了：他本可以跟着太阳，把太阳的轨迹当作指南针。可大部分时候，红色和黄色的树叶在他头顶形成的树冠，让他很难看见太阳。地上同样也有厚厚一层树叶。他很难理解，树枝上有这么多树叶，地上的树叶怎么也这么厚。那就好像另一片树林将树叶落在地上后就消失了，为现在这片树林让出位置，让它们长出新的叶子。

他晃了晃脑袋，想让自己清醒一些。可他一点儿也没清醒。他伸手摸自己的后脑勺，收回来一看，手还是脏的，这次大部分都是血，只有很少泥土。

我怎么了？他心想。

他想知道，他们把尼尔斯的尸体怎么了？他们把他拖到墙里了吗？他没有看到任何拖拽的痕迹，可也许他是被抬走的，或者用某种不会留下痕迹的手段运走的，又或者他看得不够仔细，没有发现痕迹。如果他们带走了尼尔斯，为什么又把卡尔斯登留在那里呢？

也许尼尔斯想办法站起来，自己跌跌撞撞地走进树林里的某个地方死掉了。可如果这样，那地面上的血不是太多了吗？

他还是很冷，但手部的骨头已经不再抽着疼了。他竭尽所能，以自己能看到的一点点阳光为路标，一直向东走，直到地面出现向上的斜坡，他才换了其他方向。也许是向北——看起来应该是向北。

他听到溪流的声音，或者以为自己听到溪流的声音，他突然觉得舌头很厚，嗓子很干。可当他想寻找溪流时，却怎么也找不到，水流声似乎从没有接近的感觉。

他继续向前走。他从地上搜集了一些松果，放在一块石头平面上用鞋踩碎，希望能从中获得些食物，可松果里没有他认为能吃的东西。也许他不知道该找什么，也许他搜集的松果不对，也许他太糊涂、太累了，没办法理解这个世界。

到了天色渐黑时，他非常饿，也非常渴，但最让他难以忍受的是寒冷。他停在一小块空地上，用脚将干枯的松针和树叶踢成一堆。他搜集木棍架在树叶堆上，接着又找到几根更大的树枝堆在一边。

他在兜里翻了半天，用麻木的手指摸到了三根纤细的火柴。他小心地摸出一根，擦亮火柴后用手捂着送到了堆着树叶和松针的地方。

他看着火苗从火柴传递到一片树叶上，火柴被烧成了如蜘蛛腿一样精细的炭条，随后迅速散落一地。松针在火焰中先是绷紧，随后被烧得无影无踪。他轻轻地，但又连续不断地吹气，看着火花四溅，火势越来越大，发出噼里啪啦的声音。他看到红色的小虫子四散在地上，奔向远离高温的其中一根树枝。还没等他看清到底是虫子还是火花，那根树枝便已燃烧，小虫子自然消失不见。

他不停为火添柴，直到火势汹涌，然后坐在旁边，看着火焰飞舞。最后，疲惫不堪的他睡着了。

他是尖叫着醒来的。火已经从他堆起来的树叶堆蔓延到了他的头发上。他用手拍灭了火苗，脑袋嗡嗡作响，随后他起身，踩灭了想要窜出空地进入树林的火苗。

做完这些事后，他的手上起了水泡，头发几乎全被烧光，鞋底也被熔化到发黏，不过火势再次被安全地控制住了。他再次用鞋清理了周围的空地。他站立了一段时间，重重地呼吸，不知道自己还应该做什么，不过他又一次放松下来，先是蹲着，然后坐下，最后躺在了仍然温暖的地上。

很长一段时间，他只是盯着火苗。这就像看水一样，他心想，只不过这不是水。他觉得自己好像被催眠了。火是怎么蔓延到别

· 215 ·

处的？上一次生火时，他不够小心吗？

我应该起来看看。他心想，围着火堆走一圈，确保我没遗漏什么。他没有动。我会起来的。他心里又想。没过一会儿，他就睡着了。

……

梦里，他身在另一个时代，是另一个人，但不知道为什么，他同时也身在这个时代，还是他自己。他和一个看不清脸的男人一起，骑着马，迎着大风在山脊小道上行进。另一个人的大腿中枪了。在梦里，卡尔斯登心不在焉地想知道是不是自己开枪打中了对方。他询问那个稍微领先自己的人是不是这样，可那个人没有回答。他只是趴在马鞍上，沿着小道前行，身后跟着卡尔斯登，他看着那个人的后背，嘴里嘟嘟囔囔，不知道究竟是在跟那个人，还是在跟自己说话。那个人的裤腿已经浸满了血，卡尔斯登能看到，血从布料中渗出，流到了马身上，看起来就像马受伤，而不是那个人受伤一样。

"喂。"卡尔斯登说。他的声音听起来一点儿也不耳熟。"喂，你得包扎伤口。不包扎，你就会死。"

可即便听到这话，那个人也没有回答。他只是继续骑马，多到不可思议的血从他腿上渗出，流到了马身上，血在马的肋骨上画出了一个形状，模模糊糊地看着像个人，像个穿着袍子的人或者天使。然而，卡尔斯登在看——他对自己说，那只是血，只是马的身体缓慢、有规律地摩擦浸满血的腿造成的。那没什么意义。

可他还是盯着看，看马上的那个人，看马身上越来越多的血，血现在已经流到了马肚子下面，开始滴答滴答地往地上流。卡尔斯登基本不看路了。他现在只看血缓慢地从马身上一滴一滴洒落在小道上的泥土中,他的马追踪着这些血滴,仿佛那才是真正的道路。

即便做完梦,血滴也没有停下。当他睁开眼时,他的眼前出现了一摊黑色水洼,什么东西正在一滴一滴地从高处的某个地方落下来。

他把头转向水洼对面,慢慢抬头。在他上方,他清楚地看到一棵树的树枝。树枝里有什么东西,是某种动物,它的牙齿和眼睛反射着火光。

他感到困惑,不知道梦是不是结束了。他伸手摸枪,但是不对,他没有枪,枪是梦里的。于是他保持不动,不知道自己是不是想象出来了这一切。也许那里什么都没有。

可是不对,那摊水洼还在他面前,有东西还在滴答。他伸手碰了下水洼,然后将手指拿到眼前。这个液体是深色的,比水更浓稠,还黏手。他把手指放在嘴里,尝起来一股金属味。

慢慢地,他坐了起来。他用鞋尖捣了捣火堆,又在里面加了几根树枝。等到火苗再次腾高时,他抽出一根树枝,迅速转身举了起来。

上方的树上有什么东西。可那不是动物。那是个人。

III

"尼尔斯?"他说。

尼尔斯没有回答。他好像同时处于茫然又警惕的状态,保持着完美的静止姿态,趴在树枝上朝下盯着他。他的下巴的动作很奇怪,好像骨折了一样,血从他头的一边滴答滴答地掉落在地上。然而,他看起来却一点儿也不痛苦。

"你怎么了？"卡尔斯登问道，他突然觉得自己的四肢很沉重，"是我，卡尔斯登。你在树上干什么？"

"你好，卡尔斯登。"尼尔斯说，他用奇怪的语调说着卡尔斯登的名字，好像还不习惯叫他一样，"我很高兴找到你。"

"你在流血。"卡尔斯登说。

"流血？"尼尔斯回应。卡尔斯登看到，不管流的是什么，现在似乎停住了。

"你的下巴怎么了？"卡尔斯登问。

"我的下巴？"尼尔斯反问。他抬手戳了戳，卡尔斯登觉得自己看到了皮肤下面凹凸不平的骨头被推了起来。随后，他用极快的速度把下颌骨推回到原位。"你什么意思？"

"你为什么在上面？"卡尔斯登问他。

"你想让我下去吗？"尼尔斯说，"你是在邀请我加入你，和你一起坐在火边吗？"发现卡尔斯登没有回答时，他又说："卡尔斯登，邀请我在火边加入你。"

有问题。卡尔斯登心想，但最糟糕的是，我没法确定是什么，也不知道程度如何。也许我什么都不知道。卡尔斯登举高树枝，原以为尼尔斯会把头扭开或者挡住眼睛，但他没动，甚至连眼睛都没眨。卡尔斯登向后退了一步，差点摔进火堆里。

"你在那棵树上做什么？"他又问了一遍。

"什么树？"尼尔斯问。

卡尔斯登非常小心地绕到火堆远端，让火焰隔开了自己和尼尔斯。站在那里，他几乎看不到尼尔斯了。

他看着火堆中剩余的木料。剩下的不多，但他并不急于离开火堆去寻找更多木料。也许剩下的足够支撑到早上。他坐下来，将膝盖拢在胸前，坐在那里盯着尼尔斯。他把手里燃烧着的树枝放回到火堆中，手在地面上漫无目的地摸索，直到摸到一块石头。

"我该去火边加入吗?"尼尔斯过了一会儿又问道。

"你是在让我邀请你加入吗?"卡尔斯登说道。有那么一段时间,尼尔斯没有做出任何动作,随后,他点了点头。卡尔斯登思考了一下,谨慎选择自己的用词。"我有什么资格告诉你,你能做什么,不能做什么呢?"他说。

尼尔斯发出了一种让卡尔斯登恶心至极的嘶嘶声。过了一会儿他才明白,那是笑声。

"啊,非常好,卡尔斯登。"尼尔斯说,"那是谁呢?"

两个人都沉默了一段时间。

"你要下来吗?"卡尔斯登终于说话了。

"你手里拿着什么,卡尔斯登?"尼尔斯问他。

"我手上?"卡尔斯登说,"什么也没有。"他说谎了。

他又听到了嘶嘶声,可这个声音突然被打断。除了火堆发出的噼里啪啦声,两人又陷入沉默。还要多久才能到早上?卡尔斯登想知道。

他没有睡觉,这点他确定,差不多确定。也许他闭了一会儿眼睛,也许他只是眨了眨眼睛。等他再次睁开眼睛时,尼尔斯已经从树上下来,坐在了火堆的另一边。在火光中,卡尔斯登看到他脸色极其苍白,衬衣上还沾着已经干了的血。他的下巴又脱臼了,而且脑袋的一侧看起来就像被砸进去了一样。也许他一直就是这样,卡尔斯登心里这样希望。

尼尔斯笑了,但很含蓄,而且没有露出牙齿。"你可以睡觉。"他说,"我会看着火,确保火不会熄灭。"

"你在树上时就是这样吗?"卡尔斯登问道,"看着火烧到我的头发?"

"火没熄灭。"尼尔斯说,"那是健康的火势。"

"我不介意醒着。"卡尔斯登说,他心里开始隐隐感到不安。

"怎么了?"尼尔斯问道,"你不相信我吗?"

卡尔斯登不想回答。他假装在看火堆,其实一直在看尼尔斯。他突然意识到,因为石头抓得太紧,他的手指开始疼了。

"我该绕到火堆那边,帮你取暖吗?"尼尔斯问道。

"我很好。"卡尔斯登尽量镇定地回答,"你别麻烦自己了。"

"不麻烦。"尼尔斯说,然后他开始起身。卡尔斯登也站了起来。尼尔斯笑着又坐了回去。慢慢地,卡尔斯登也坐下去了。

"那么,我要给你讲个故事。"尼尔斯说,"一个让我们都觉得有趣的故事。"

"没这个必要。"卡尔斯登说,"请不要讲。"

"你在怕什么?"尼尔斯问,"只是个故事。故事不会有什么危害。"

"会吗?"卡尔斯登想知道。可还没等他做决定,尼尔斯已经开始讲了。

他说,一个男人被枪打中了,或者是被石头砸中了,然后死了。不,我们就当他是被枪打中的吧,就像做梦一样,不是现实。他和他的朋友来到一个小镇想找回什么东西,更准确地说是偷走什么东西,但他们不说那是偷,因为他们觉得自己理应得到更多。小镇居民看到他俩在干什么,他们出手阻止,在他俩试图逃跑时开枪击中了其中一人。

那个被枪击中而死的人不知道自己死了。

"你说什么?"卡尔斯登突然打断他的话。

"你听到我说什么了。"尼尔斯回答。

"你为什么要跟我说这个?"卡尔斯登问道。

"这只是个故事，"尼尔斯说，"我们只是开玩笑，不是吗？我为什么不告诉你呢？"

那个被枪击中而死的人不知道自己死了。和另一个人一样，他跑向自己的马跳了上去，飞奔离开小镇，跑进山间。小镇居民追在后面，但那两个人，那个死人和那个活人，拼了命地骑马狂奔。没过多久，小镇居民就折返回去了。那两个不知道是否还有人追赶他们的人，还在继续骑马。

他们骑上了一条狭窄的小路，死人在前，活人在后。慢慢地，看不到有人追击的时间越来越多，骑在后面的人开始放松。就在那时，他才注意到另一个人被开枪击中了大腿——

"击中哪里？"卡尔斯登问。

"是大腿。"尼尔斯说。

"这个故事是谁给你讲的？"卡尔斯登绝望地问道，"你是怎么知道的？"

也许你在想，一个人不会因为大腿中枪就死了。也许那个死人也是这么想的，而这就是他不知道自己已经死了的原因。可他在开枪时面对着枪口，子弹在进入他身体后切断了他的大动脉，他每走一步，马每迈出一步，都会有更多的血离开他的身体。很快，他的裤腿就浸满了血。很快，他的马身一侧也沾满了血，血已经流到了马的肋骨处。这形成了一个非常特别的形状，等骑在后面的人终于注意到时，这个形状让他想起了什么。

快停下，卡尔斯登说，请你别讲了。

不，尼尔斯说。不要打断我。这让他想起了什么，他说，但在很长一段时间里，他并不知道是什么。为了想明白那是什么形状，他不让自己去想到底流了多少血，不去想一个像那人一样流了那么多血，其实已经死了的人怎么就没死透。

他在另一个人后面骑着马，好奇那匹马身上到底是什么形状。

那一瞬间，他突然想到了。那就像小时候的他在暴风雪过后躺在地上，上下摆动手臂和胳膊清理地上的雪后留下的形状。一个雪天使，他心想。不对，是血天使。

只有在他意识到这一点后，他才能承认，另一个人肯定已经死了。可因为死去的那个人自己不知道，所以才有了麻烦。他看到血流在马肚子上，随后滴答滴答地掉落在地上，尼尔斯说，然后笑着露出牙齿。血慢慢在土地上形成了一条路——

可就在这时，卡尔斯登像闪电一样冲进夜幕，他不停地跑，直到一头撞上一棵树。

醒来时，他已经回到火堆边，火焰腾起的高度很低。尼尔斯现在跟他在一起，在同一侧，跪在他身边，但没有碰他。卡尔斯登想把他推开，可又害怕。此外，他也不确定自己能不能动。

"你醒了。"尼尔斯说。

卡尔斯登想张嘴说话，可他什么声音也没发出来。他想转头，却也动不了。尼尔斯看着他，微微笑着。紧接着，尼尔斯靠近他，几乎就要碰到他的嘴唇了，然后深深吸了一口气。

等他直起身，卡尔斯登又能看到他的脸时，他看起来不一样了，不太像他了。

他再次靠近，这一次真的碰到了卡尔斯登的嘴唇，从他嘴里吸走了空气。等他又一次抬起头时，他看起来还是和以前不一样。卡尔斯登觉得自己好像在看着镜子。

"不。"卡尔斯登说，可他没有发出声音。

"我能讲完我的故事吗？"笼罩在他上方的脸用一个新的声音说道，那是他偷走的声音，"某种程度上说，至少这是我能做的。"

他趴在卡尔斯登身上，等待答案。没有听到回答，他微笑着点点头。然后，他发出了和之前一样轻微的嘶嘶声，又贴了上去。

致　谢

这本小说集里的故事，曾经登载于以下杂志中：

美国读本（*The American Reader*）：《瘫倒的马》

黑钟（*Black Clock*）：《呻吟》

蛋糕火车（*Caketrain*）：《黑色树皮》

结合（*Conjunctions*）：《邪教》和《麻木》

黑暗发现（*Dark Discoveries*）：《熊心™》

格兰塔（*Granta*）：《血滴》

绿山评论（*Green Mountains Review*）：《一份报告》

麦克斯威尼（*McSweeney's*）：《粉尘》

恶作剧（*Monkey Business*）：《惩罚》

噩梦（*Nightmare*）：《邪教》

未说（*Unsaid*）：《洗刷》和《三次折辱》

本书中的故事也出现在以下选集中：

杰西·布灵顿（Jesse Bullington）编撰，《给洛夫克拉夫特的信》：《比里诺更远》

艾伦·达特洛（Ellen Datlow）编撰，《年度最佳恐怖故事》第七卷：《比里诺更远》

艾伦·达特洛编撰，《可怕的对称》：《窗户》

理查德·加文（Richard Gavin）、帕特里夏·克拉姆（Patricia

Cram)与丹尼尔·A.舒尔克（Daniel A. Shulke）编撰，《半影》：《任何尸体》

宝拉·古兰（Paula Guran）编撰，《年度最佳黑暗幻想与恐怖故事（2014）》：《瘫倒的马》

西蒙·斯特兰扎斯（Simon Stranzas）编撰，《后裔》：《海边小镇》

没有莱尔德·亨特（Laird Hunt）的《善良的人》（*Kind One*），我就不会写出《黑色树皮》。没有威廉·古德温（William Goodwin）在1834年出版的《死灵法师的生活》（*Lives of the Necromancers*），我不会写出《任何尸体》。《呻吟》中引用的信息来源于杰西·鲍尔（Jesse Ball）的《彼得·艾米丽》（*Peter Emily*）。迈克尔·斯图尔特（Michael Stewart）和我分享差点被人入室抢劫的细节后，我构思出了《窗户》。我还要由衷感谢很多杂志的编辑，他们在这么多年来一直支持我写作，而且很多时候似乎比我还了解自己的作品：非常感谢布拉福德·莫罗、史蒂夫·埃里克森、本·马库斯、大卫·麦克兰登、艾伦·达特洛、宝拉·古兰和约翰·约瑟夫·亚当斯。我需要感谢杰夫·范德米尔和彼得·斯特劳布，没有他们，我的写作水平就不会有现在这么好。我还要感谢克拉罗和柴田元幸，感谢他们将我的作品翻译为精美的法语和日语版，并且发现了我在英语上的拼写错误。最后，我真心感谢咖啡屋出版社和克里斯·菲施巴赫，没有他们，这一切都不会成为现实。

（京权）图字：01-2023-4221

图书在版编目（CIP）数据

瘫倒的马 /（美）布莱恩·埃文森（Brian Evenson）著；傅婧瑛译. -- 北京：作家出版社，2023.12
ISBN 978-7-5212-2497-9

Ⅰ.①瘫… Ⅱ.①布… ②傅… Ⅲ.①短篇小说-小说集-美国-现代 Ⅳ.①I712.45

中国国家版本馆 CIP 数据核字（2023）第 170141 号

A COLLAPSE OF HORSES by Brian Evenson
Copyright © 2016 by Brian Evenson
This edition arranged with Coffee House Press, through The Grayhawk Agency Ltd.
Simplified Chinese Edition Copyright:
2023 THE WRITERS PUBLISHING HOUSE CO., LTD.
All rights reserved.

瘫倒的马

作　　者：	（美）布莱恩·埃文森
译　　者：	傅婧瑛
责任编辑：	赵　超
封面设计：	吴元瑛
出版发行：	作家出版社有限公司
社　　址：	北京农展馆南里 10 号　邮　编：100125
电话传真：	86-10-65067186（发行中心及邮购部）
	86-10-65004079（总编室）
E-mail：	zuojia@zuojia.net.cn
http://	www.zuojiachubanshe.com
印　　刷：	河北鹏润印刷有限公司
成品尺寸：	142×210
字　　数：	170 千
印　　张：	7.25
版　　次：	2023 年 12 月第 1 版
印　　次：	2023 年 12 月第 1 次印刷
ISBN	978-7-5212-2497-9
定　　价：	45.00 元

作家版图书，版权所有，侵权必究。
作家版图书，印装错误可随时退换。